江田和義

魔王

新潮社
図書編集室

『魔王』 目次

魔王

魔王

それはある意味では夜空に開いた花火の美しさであった。しかし、それに眩惑させられている眼には見えない、ふしぎな、閃光を放つ花束であった。すぐに芝居は久しく群衆の願いに答えることをやめていた。倦怠だろうか？　各人が自分に満足するに至ろうとする個人の希望だろうか？

（ジョルジュ・バタイユ『エロチシズム』室淳介訳　ダヴィッド社）

1

「君のお母さんはとてもきれいな人だね。僕は昨日君のお母さんに会ったんだ」そう言って魔王が話し始めた。「僕は美しいものが好きな人間だ。人でも絵でも音楽でも何でも美しいものが大好きだ。だから僕は君のお母さんを僕の家に招いた。そして楽しいお喋りをした。僕は随分君のことを褒めたんだぜ。君のお母さんはとても喜んでいたよ。次第に君のお母さんは自分のことを喋り始めた。君のお母さんが僕に心を開いてくれているのがよくわかったよ。僕も君のお母さんのことが知りたくて色々と質問をした。そのうち僕は君のお母さんについてはっきりと気付いたことがあったんだ。この人は心の奥に誰にも言えない深い悩みを抱えているって。僕は君のお母さんに巧みに質問することで、その深い悩みの内容を知っていった。とても深刻な悩みだと思ったよ。その内容については君にも話せない。これは僕と君のお母さんと二人だけの秘密で、僕は聞いた話しを誰にも口外しないって誓ったんだ。僕にとって美との約束は絶対なんだ。君のお母さんは僕に自分の悩みを打ち明けてすっきりしたみたいだった。しまいには飛び切りの笑顔を見せてくれたんだ。でもね、僕は君のお母さんに言ったんだ。僕が思いつく最高のやさしい言葉を僕は君のお母さんに伝えた。そしたらね、君のお母さんは突然激しく泣き出したんだ。僕は君のお母さんの傍に寄り、さらにやさしい言葉をささやいた。君のお母さんは泣きながら僕の胸にしがみついた。僕の両腕は君のお母さんの慄える体を抱き締めて、自分の子供のように労ってあげた」そう言って魔王はにやにや笑った。「その後、僕が君のお母さんとセックスをしたとして、どうしてそれが僕の罪と言えよう」

2

「恐らく君もよく知っていることだと思うが、僕は勉強も得意だが、人の弱味を握るのはもっと得意だ」そう言って魔王は話し始めた。「僕が君のお母さんの弱味を握ることは、猫が鼠を捕まえるように簡単なことだった。その弱味とはいったい何なのか、君は知りたいだろうが、僕は伏せておく。それは君のお母さんにとって恥ずかしいことだし、その恥ずかしさは君についても言えることだからだ。人間は恥部を隠して生きる動物だし、恥部を晒せば犯罪になることもある存在だ。僕は君のお母さんを自分の家に招き、色々とお喋りをした。君のお母さんは僕に怯えていたけどね。僕は君のお母さんに伝えた。『お母さんのいちばん恥ずかしいものを僕に見せてほしい』とね。君のお母さんは僕が裸を見たいものだと思ったようだけど、僕が求めたものはもっと恥ずかしいものだった。それははっきり言うと君のお母さんの出したウンコだった。僕は君のお母さんをトイレに連れて行き、ウンコを出すように命じた。僕は言った、『これは少しも恥ずかしいことではない。誰もが抱えている物を僕は見たいだけなんだ。愛ややさしさや悲しみと同じようにウンコは人間にとって当たりまえのものだ。僕はお母さんの当たりまえの物の目撃者になりたいだけなんだ』と。それからも僕は懇々と説いてあげたよ。そうしたら君のお母さんもついに観念してね、僕の眼の前でウンコを出してくれたんだ。とても素敵な光景だったよ。君のお母さんのお尻の穴から茶色くて太いウンコが出てくる光景は。君のお母さんは涙をぽろぽろ零していたよ。だから僕は君のお母さんを慰めてあげた。どうやって慰めたと思う？　僕はティッシュで君のお母さんのお尻の穴を最高にやさしく拭いてあげたんだよ」

3

「君のお母さんは気が強いことで有名だ。しかし、どんなに気が強い人間にもかならず弱味というものはあるものだ」そう言って魔王は話し始めた。「僕は人の弱味を見抜く名人なんだ。僕は君のお母さんをじっくりと観察させてもらった。そして弱味を見抜いた。それは他ならぬ君だ。君のお母さんは君のことを溺愛しているんだ。僕は計画を練り、まず君に万引きという犯罪を犯してもらった。次にそれをネタにして僕は君のお母さんを強請った。『お母さん。息子さんの犯罪を揉み消してもらいたかったら、僕の家に来てください。そこでお母さんと楽しい話しをしましょう』とね。僕の家にやって来た君のお母さんは、ショートヘアの美人だった。僕は美人には美人にふさわしい役割があると考える人間だ。僕は君のお母さんに君のお母さんにふさわしい役割を与えてあげたかった。僕の属性はやさしさだ。僕はとてもやさしく君のお母さんに伝えた。『お母さん。祭りに出るのです。それだけでいい。それだけ僕の言うことを聞いてくれたら、僕は息子さんの犯罪を揉み消します』君のお母さんは僕の提案を承諾した。ある夜、ある町で、ある祭りが開催された。その祭りは神輿を担いでわっしょいわっしょいと町中を練り歩くものだったけれど、それに君のお母さんも参加した。ただし君のお母さんは参加者の中のただ一人の女性で、しかも褌姿だった。褌姿の君のお母さんは、真っ白で丸い大きなお尻を露わにして、町中の人がそのお尻の目撃者となった。町中の男たちがいやらしい目で君のお母さんのお尻を見つめ、スマホで撮影する者も多勢いた」魔王はにやにや笑ってささやいた。「君のお母さんはとてもいやらしいお尻をした女性だということを皆んなは知り、とてもとても悦んだのさ」

4

「君もよく知っての通り、僕は小学生であり、同時に投資家だ。僕は株の取引きもすれば、人間の取り引きもする」そう言って魔王は話し始めた。「僕は儲かる株はすぐわかる眼を持っているし、儲かる人間もすぐわかるんだ。今回僕が眼を付けたのが君のお母さんだ。これは投資家の性で、僕は君のお母さんで取り引きしたい、儲けたいという衝動に駆られて、つい取り引き先に君のお母さんを売る約束をしてしまったんだ。ただ君には僕のことを我利我利亡者と思わないでほしい。僕にとっては自分の利益も大切だが、君のお母さんの幸せも大切なんだ。取り引き先というのは僕の知人のアフリカ人のことで、彼も君のお母さんを見て、とても魅力的な商品だと言ってくれたんだ。少し手荒な手法だけど、僕はある組織に依頼して君のお母さんを拉致してもらい、有無を言わせずアフリカに行ってもらうつもりだ。僕の懐には大金が入るけど、同時に君のお母さんにも大きな幸せをつかんでもらう。僕は日本を小さくて狭い国だと思う。しかし、アフリカは違う。大きくて、広くて、何よりも自然が豊かだ。君のお母さんはこれから原始的な自然の中で生活することになるんだ。ルソーじゃないけど『自然に帰れ』は人間の真理だ。君のお母さんは真理の具現者であり、アフリカで眼醒める者となるんだ。アフリカには逞しくて、力強い男たちがたくさんいる。いずれ君のお母さんは、その男たちの中の一人に選ばれ、君のお母さん自身男たちの中から一人の男を選ぶだろう。その時、君のお母さんは新しい自分の人生に悦びを感じ、まったく新しい命の種を体に宿すんだ。アフリカの自然が君のお母さんをまったく新しい人間、新しい女性にしてくれる。どうしてそれが君のお母さんにとってほんとうの自分ではないと言えるだろう」

5

「君のお母さんはボランティア活動に熱心な人だ。僕は奉仕というものは人間にとって最も大切なものの一つだと思う」そう言って魔王は話し始めた。「じつは先日、君のお母さんを僕の家に招いてね、お互いの奉仕の考えを述べ合ったんだ。君のお母さんはね、人のために無償で汗を流するのは気持ちいいって言うんだ。それに対して僕は、奉仕する側も気持ちいいと思いますけど、奉仕される側はもっと気持ちいいと思いますよと答えたんだ。君のお母さんは、わたしはつねに与える側で、与える喜びがわたしの生き甲斐ですと言っていたけどね。そこで僕は、その考えをぜひ小さな子供たちに伝えたいですね、と言ったら、君のお母さんは、僕に対して、あなたは子供なのに大人のような人だって笑いながら褒めてくれたよ。その後、僕は、君のお母さんに向かって、お母さんに会ってもらいたい人がいると言って部屋を出て、しばらくして5人の小さな子供たちを連れてきたんだ」魔王がにやにや笑い始めたが、その顔は悪魔のようにも見えた。「僕は君のお母さんに命じたんだ。『お母さんにはこれから奉仕を実践してもらいます。子供たちの前に跪きなさい』僕は君のお母さんを子供たちの前に無理矢理跪かせた。すると子供たちは一斉にズボンとパンツを下ろし、勃起した小さなペニスを君のお母さんの顔に押し付けたんだ。それから僕が君のお母さんに何をさせたかは君の想像に任せよう。君のお母さんが子供たちにしたことは確かに奉仕だったし、子供たちに与えたものは喜びだった。その結果、子供たちは一歩大人へと前進したし、大人の素晴らしさ、大人の魅力を理解したと思う。涙を流す君のお母さんに対して僕がしたことを教えよう。それもまた僕なりの奉仕であり、僕が君のお母さんに与えてあげたものも悦びだったと言える」

6

「君のお母さんは芸術に造詣の深い大変頭のいい人だ。ところでこう見えても僕は芸術家としての資質を豊かに抱えた人間なんだぜ」そう言って魔王は話し始めた。「先日、僕は君のお母さんを自宅に招待したんだ。二人は芸術の話しで随分盛り上がり、気が付いたら長い時間が過ぎていた。僕は君のお母さんに訊ねたんだ、永遠の存在を信じますかって。君のお母さんは、自分は永遠の存在を信じないと答えた。僕は言った、僕は永遠を実在させる才能を持っているんですよと。そしたら君のお母さんは笑い始めた。僕は自分の言葉を証明するために、君のお母さんをアトリエに案内して、部屋に閉じ込めたんだ。アトリエには全裸の美しい白人青年が立っていた。僕は彼に『襲え』と号令をかけた。僕の眼の前で君のお母さんは青年に凌辱された。ところで青年は女を悦びに導く名人だったので、泣き叫んでいた君のお母さんは瞬く間に歓喜の姿になった。僕は歓喜となった君のお母さんを適確に観察し、彫刻を彫っていった。長い時間をかけて彫刻は出来上がり、君のお母さんは彫刻になった。いや君のお母さんの『歓喜』の部分だけが純粋に彫刻となったんだ。君に僕が創った作品をあげるよ。これが生まれ変わった君のお母さんだ。どうだ、素敵だろう。これからはこの小さな像が君のお母さんであって、君のお母さんは永遠だ。君は永遠に悦び続けるお母さんを『お母さん』と呼んで生きてゆくがいい」そして魔王はにやにや笑い始めた。「君が手にしているのは君のお母さんの永遠になった精神だ。肉体としての君のお母さんがこれ以上君に必要だろうか？ 肉体としての君のお母さんは今頃世界のどこか遠い場所で歓喜させてあげているよ。僕に言わせればそれは贋物の歓喜なんだけれどね」

7

「君のお母さんは思想的なことに興味のある人だ。僕も同じだ。というより僕の場合は思想にしか興味がない」そう言って魔王は話し始めた。「僕は君のお母さんに興味を持った。思想としての君のお母さんにだ。ある日、僕は君のお母さんを家に招いた。二人は思想について色々語り合った。話しの最後に、僕は君のお母さんにこんな質問をした。『お母さんは自分の幸福を知っていますか』君のお母さんは笑いながら、知っているけれどあなたには教えないと言った。僕は君のお母さんに断言した、『僕はお母さんの幸せを知っている』君のお母さんは、やや気色ばみ、私が話さないことをなぜあなたは知っているのかと僕に訊ねた。僕は『僕にはお母さんの幸せが見えるんです』と答えた。君のお母さんが、それはどういう意味かと意味を問うてきたので、それはこういう意味だと僕は言って、僕はある方法で君のお母さんを眠らせた。その後、僕は深い眠りに落ちた君のお母さんを全裸にして、縄で縛り、立った状態で片足だけ天井に吊るしたんだ。全身を縛られ、片足だけ上げた君のお母さんは、つまり股間を大きく広げた状態だったのだが、僕はただ待った。やがて君のお母さんは眼を醒まし、悲鳴を上げ、しばらくして諦めて静かになり、涙だけ零すようになった。しかし僕は待った。それは遥か遠くにあるようで、じつは眼の前にある時間のことで、その時間は奇跡に思えて、僕には絶対確実なのだった。ひたすら僕は待ち続け、到々その時間は訪れた。僕は時間の目撃者となった。僕ははっきりとこの眼で見たのだ、君のお母さんの股間がしとどに濡れているのを。僕は君のお母さんにささやいた、『見ましたよ。あなたの幸せを』と」

8

「君の家は犬を飼っているよね。特に君のお母さんが犬が大好きなんだね。僕も犬を飼っているし、犬が大好きだ」そう言って魔王が話しを始めた。「先日、僕は君のお母さんを家に招いた。犬の話しをしようと思ってね。僕に言わせれば、君のお母さんは犬だ。悪口じゃないぜ。犬と同じ純粋な魂の持ち主という意味さ。すっかり僕は君のお母さんが気に入ってしまった。犬と同じようにね。ところで僕は犬の最大の美徳は従順さだと思っている。君のお母さんと話しをしていて、僕の中でこんなやさしさが生まれてきたのは自然なことだと思ってほしいのだが、僕が君のお母さんに伝えた言葉は奇妙だろうか。それはつまり『犬のようなお母さんはいっそのこと犬になったらどうですか』君のお母さんはその言葉に対して真面目に答えた、私は生まれ変わったら犬になるかもしれませんね、それくらい犬のことが大好きなんです。僕はとてもやさしい気持ちで君のお母さんに伝えた、『生まれ変わらなくても犬になれますよ。今からお母さんは僕の犬です。僕は飼い主なのでお母さんに躾を行ないます』それから僕は君のお母さんに最大限の愛情を傾けて、釈迦が法を説くように、お母さんは犬であることを説いた。僕の君のお母さんに対する愛が、君のお母さんの従順さと結びついた時、奇跡は起きた。君のお母さんは全裸となり、四つん這いの姿になったのだ。僕が『吠えなさい』と命じると、君のお母さんは大きな声でわんと吠えた。そこへ僕は自分の飼い犬を連れてきた。僕の飼い犬は雄だ。雄犬は美しい雌を見つけて興奮していた。その後、興奮した雄と美しい雌とは当然の行為をしただけだ。その行為を眺めながら、僕は雄の幸せよりも雌の幸せの方が遥かに大きいことを見抜いていた」

9

「先日、僕は先生とひどい対立をした。先生は僕の普段の態度が傲慢だと言って僕を叱責したのだ」そう言って魔王は話し始めた。「僕は先生の誤解を解くために、先生を僕の家に招いた。僕は先生に言った、『先生には僕の本質がよく見えていないのだ。僕の本質は傲慢ではなくやさしさだ』先生は鼻であしらうように、本当にやさしい人間は自分のことをやさしいなどと言わないと言っていたけどね。それから僕と先生とは勉強のことなど色々話しをして、話しが終わりかけた時、僕は先生に言ったんだ、『ところで僕には先生の本質がよく見えている。それは先生が「女」だということだ。これからその証明が始まる』突然、部屋が真っ暗になった。先生は悲鳴を上げた。闇の中で先生の眼には何も見えなかったはずだ。しかし僕の眼にはよく見えていた。怯えている姿の先生が。美しい女の姿をした先生が。僕は闇の中で先生に近づき、先生の慄えている体を抱き締めた。僕は先生の耳許でささやいた。『僕の本質はやさしさであり、「男」だ。「男」と「女」という異なる本質が触れ合う時、異なる本質は共通の夢を見たいと願う。それが「愛」だ』それから僕は先生を裸にして、僕が信じる愛を先生の肉体に学習させた。長い時間が過ぎ、長い時間をかけて辿り着いたのは僕にとって当然の結末だった。僕が見ていた夢を先生も同じように見ていたことを僕は知ったのだ。お互いが見ていた夢はお互いの肉体に刻まれ、そして先生は僕に対して告白をした。『愛している』それ以来先生の僕を見る眼が変わったことは言うまでもない。もはや教壇に立つ先生は、教室の席に座る僕を、生徒としてではなく一人の男としか見れないのであり、かつて傲慢として映ったものは、男らしさとして先生を魅了し続けるのだ」

10

「君のお母さんは詩を作るのが趣味だよね。じつは僕もよく詩を作るんだ。というか僕は自分のことを真の詩人と考える者だ」そう言って魔王は話しを始めた。「僕に言わせれば、君のお母さんが作る詩は下手糞だ。僕が君のお母さんを家に招いたのは、ただお母さんに詩を作るのが上手になってもらいたいためだった。言わば僕のやさしさが君のお母さんを招待したんだ。僕は君のお母さんに会って、まず詩の本質を説明した。『詩とは心の叫びであり、切り取られた肉体です。自分という存在の底から言葉を生むのです。それは出産と同じです。激しい痛みを伴いますが、同時に最大の悦びなのです』君のお母さんは真剣に首肯いていたよ。僕はその真剣さに応えるために、別の部屋に君のお母さんを案内した。別の部屋というのは僕の寝室で、そこには大きなベッドがあり、そして一人のとても美しい韓国人青年が立っていた。青年は君のお母さんをベッドに押し倒すと、そこからは素敵な光景の始まりさ。青年に抱かれた生まれたままの姿の君のお母さんに僕は伝えた。『今お母さんが感じていることをそのまま言葉の姿に変えるのです。それが本当の詩です』僕は美に取り憑かれた君のお母さんを詳細に観察していた。最初、君のお母さんから生まれてきた詩は、恐怖であり絶望だった。しかし、詩に変化が生じてきた。次第に詩は官能を表現するようになり、悦びが歌声として響いてきた。そして感動が混沌となってあらわれたかと思うと、到々君のお母さんは愛の讃歌へと昇り詰めたのだ。それは女にしか創作することができない詩であり、詩は女の悦びで溢れていた。僕は君のお母さんの耳許でささやいた。『お母さんは素晴らしい、そして後戻り出来ない詩人になったのです』」

11

「君のお母さんは君のお父さんのことを深く愛しているね。いわゆる鴛鴦夫婦だね。ところが僕は鴛鴦の存在は信じても、鴛鴦夫婦の存在は信じない人間だ」そう言って魔王は話し始めた。「僕が君のお母さんを家に招いたのは、偏に自分の信じるところを証明するためだったと言っていい。僕は君のお母さんと話しをした。最初は世間話しから始めて、その後君のお母さん自身のことを色々聞かせてもらった。断って置くが僕は人から話しを聞き出すプロだ。心理学者よりもっとプロなんだ。そして僕は君のお母さんの内面を知り尽くした。

その時点で君のお母さんはもう裸だった。内面が全裸だったんだ。僕はこういう信念を持っている、人間は全裸を称賛されるよりも認めてもらうことが大切なんだ、と。その時、隣室から一人のとても美しい韓国人青年が現れた。僕は彼をゲストと呼び、彼は日本人と日本文化をとても愛しているんだと紹介した。青年は君のお母さんに色々話しを聞かせた。その話しのすべては青年が君のお母さんをどう思うかであり、彼は君のお母さんという存在全体と、その内面全体を認め、尊重した。そして青年はひたすら君のお母さんの変化を追求した。青年は君のお母さんの短所も、欠点も、悩みも、苦しみもすべて美しいと言い切った。さらにこの断言を君のお母さんの信念にするように約束させた。君のお母さんに変化が訪れないはずがなかった。青年は愛の言葉以上のものを君のお母さんに与えることで、君のお母さんの愛をかちとったのだ。二人の間に愛という言葉は一度も出てこなかったが、二人にとって愛は自明となった。あとは君のお母さんが踏み越えられるかどうかだったが、青年が『変わることを恐れなくなった時、人は変われる』と言った時、二人の唇は重なったんだ」

12

「君のお母さんは踊りが好きな人だよね。以前君のお母さんが踊っている姿を見たよ。素敵というより、僕はエロティシズムを感じたよ。踊りというのはじつにエロティックだ」そう言って魔王は話し始めた。「ところで僕は体を動かすのが苦手だ。運動は嫌いなんだ。運動にはどこか暴力的なところがあるよね。僕は暴力には反対だ。僕が愛しているのは読書だ。というか僕は言葉をこよなく愛している。僕にとって世界は言葉で出来ている。言葉は肉体よりも人間を激しく動かす。肉体の才能は有限だし、限界がある。でも言葉は無限の才能に溢れている。世界を変えるのは肉体ではない。もちろん暴力でもない。それは言葉だ。政治家の言葉じゃない。詩人の言葉だ。詩人は世界を変革することが出来る。詩人は法律だって変えられる。僕に言わせればね、詩人が法律なんであって、六法全書なんてただの陳腐な言葉の羅列さ」そして魔王はにやにや笑い始めた。「この間、僕は君のお母さんを家に呼んで実験をさせてもらった。

踊りというのはかならずしも眼に見えるものだけを指すんじゃない。心が踊るという表現もあるように、心の踊りもあるわけだ。僕は君のお母さんに心の踊りを教えてあげようと思った。僕は君のお母さんを椅子の上に座らせて、全身を拘束し、身動き出来ないようにした。そして僕は詩を朗読し始めた。ただの詩じゃない。君のお母さんをモデルにして僕が創作した詩だ。そこには全身を拘束された君のお母さんが僕に犯されるという運命が書かれてあった。運命の最後では僕と君のお母さんとは激しく愛し合い、君のお母さんは僕の子供をお腹に宿し、君のお母さんは君のお母さん自身を出産するんだ。君のお母さんの股間が濡れていたかどうかは、それは僕だけが知っている秘密だ」

13

「君のお母さんは誠実な人だ。誠実は人間の最大の美徳だと僕は思うし、僕は誠実な人間をつねに愛する僕でありたいと願っている」そう言って魔王は話し始めた。「先日、僕は君のお母さんを家に招待した。お互いソファに腰を降ろし、じつに色々なことを語り合ったものさ。社会について。人生について。そして何よりも君のことについて。何を語っても君のお母さんは誠実だった。むしろ僕は君のお母さんから人間というものの素晴らしさを学んだくらいだった。ところが誠実な人間が陥る罠というのかな、君のお母さんは不誠実な人間の存在に不満を漏らすんだ。具体的に言うと君のお父さんのことだね。君のお父さんがどんなふうに不誠実かを僕は君に教えない。それは僕のやさしさだ。話しが済んだと思われた時、僕は君のお母さんの傍に寄り、いきなり体を抱き締めた。それは小さな体である以上に誠実で出来上がった体だった。僕は君のお母さんにささやいた。『僕と不倫をしましょう』それから僕は君のお母さんに独自の思想をささやき続けた。『お母さん自身が罪を犯すことで、人の罪というものを許せる人間になるのです。それがお母さんの選択するべき誠実であり、僕がお母さんを導いてあげます』誠実な君のお母さんだからこそ、僕の語る誠実を理解してくれたんだと思う。僕が君のお母さんの最大の理解者となり、君お母さんが僕の思想の良き理解者となった時、一つの結合が生じた。それは肉体の結合ではない。精神の結合だ。二人はお互いの誠実を抱き締めて、けっしてお互いを離さなかった。二人は服を脱がなかった。誠実さこそ最も露わな肉体であり、僕は言葉で、君のお母さんの誠実を愛撫し続けた。二人が行なったのは果たして不倫と言えようか。しかし誠実にとって最後の砦である肉体を僕は最後に陥落させた。その時、君のお母さんがどれだけ悦びの声をあげたかは言うまでもない」

14

「君のお母さんは音楽がとても好きな人だ。僕も音楽は大好きだ。僕の場合は趣味でよくピアノを弾くんだ。僕のピアノの腕前はプロ並みなんだぜ」そう言って魔王は話し始めた。「先日、僕は君のお母さんを家に招いた。そして音楽について色々と語り合った。音楽の魅力。音楽の偉大さ。音楽と人生の関係について。話しをしてわかったのは君のお母さんがどれほど上品で、知性に溢れた人かということだった。君のお母さんは音楽と同じように美しい人だと思ったよ。僕が君のお母さんにささやいた言葉を君は奇妙だと思うだろうか。『僕はお母さんを音楽にしたいんです。音楽になっていただけますか』君のお母さんはおどけた調子で、ええ喜んでと笑っていたけどね。僕は君のお母さんをピアノが置いてある部屋に案内した。しかし、そこには先客がいた。とても美しい白人青年だ。君のお母さんはちょっとびっくりしていたけど、すぐに英語で挨拶をして、二人は並んでソファに座った。僕はピアノの前に座ると、早速演奏を始めた。まあ僕のピアノのコンサートだ。最初僕が演奏したのはとてもロマンティックな曲だった。そして静かな中にも楽しさに溢れた曲が続いた。ところが突然の転調だ。曲は荒々しく、激しいものに変わり、恐怖が訪れた。それからは荘厳な曲が延々と続き、突如曲の中に運命が暗示されたかと思うと、最大の歓喜が訪れた。君には想像してもらいたい。僕の眼の前でどんな光景が繰り広げられ、君のお母さんがどんな自分の運命を受け入れたかということを。言っておくが君のお母さんが自分で選択した運命は悲劇ではなかったということだ。歓喜のメロディの中で君のお母さんが叫んだ言葉が今でも僕の耳に残っている。『こんなのはじめて』」

15

「以前君のお母さんと話しをして僕が悟ったことがあった。君のお母さんはとても深い悲しみを抱えていると。調査をしてわかったよ。君のお父さんは浮気をしているんだ」そう言って魔王は話し始めた。「僕は君のお母さんに深い悲しみを与えた君のお父さんを憎む。君のお母さんは心がやさしくて、気の小さい女性だ。そして今、男性不信に苦しんでいる。僕のやさしさはつねに人に幸せの意味を与えるところにある。御節介なくらいにね。先日、僕は君のお母さんを家に招き、色々と話しを聞かせてもらった。君のお母さんがいかに人のやさしさに飢えているかわかったよ。ところでその時僕は自分の隣に一人の男性に席に就いてもらっていた。正確には男装の麗人だ。面倒臭いので彼と言うが、最初君のお母さんも彼のことを完全に男だと思っていたくらい彼は男らしかった。話しの終わりに僕は君のお母さんにささやいた。『彼に抱いてもらいなさい』君のお母さんは狼狽していたよ。でも彼は君のお母さんの体を背後から抱き締めた。そして彼は君のお母さんの耳許で甘い言葉をささやき続けた。それは君のお父さんが君のお母さんに与えたものとは正反対の性質のもので、君のお母さんの心が最も求めていたものだった。狼狽が安心に変わり、安心は信頼へ、信頼は恍惚へと変化してゆく様子を僕は眺めた。恍惚は君のお母さんの眼を閉じさせた。何も見えなかったはずはない。逆にすべては明らかになったのだ。後戻りする道はなく、前進だけがある。君のお母さんの前には彼が立っていた。彼だけが道となった。彼の唇が君のお母さんの唇と重なった。時間が経った。時間とは変化だが、いちばん変わったのは君のお母さんだと言っていい。もう君のお父さんは君のお母さんに指一本触れることはできないだろう。彼だけが君のお母さんに触れて、悦ばせることができる」

16

「君のお母さんは僕の知る限り一番の美人だ。美の化身と言っても過言じゃないぜ」そう言って魔王は話し始めた。「正直に言うと僕は君のお母さんに惚れているんだ。僕は美しいものが好きだ。美は人を沈黙させると言うけれど、僕の場合は饒舌にさせる。美を前にして言葉を尽くすのが僕の流儀なんだ。この間、僕は君のお母さんを家に招いた。喰べるためじゃないぜ。君のお母さんをモデルにして絵を描きたかったんだ。僕は画家になれるくらい絵が上手いんだ。僕は君のお母さんに頭を下げて頼んだ。そしたら君のお母さんは快く承諾してくれた。頭を下げるついでに僕は付け足した。『ぜひ全裸になってください』君のお母さんは驚いていた。だから僕は言ったんだ。『完全な美を表現してみせます。完全のために協力してください』そこから僕の美の講義の始まりさ。僕は教授となり、君のお母さんは最初は生徒、それから信者に変身させた。美の信者となった君のお母さんにとって、脱がないということは美の否定だった。美を信じる者は、己れの美に殉教する覚悟を持つ。僕の眼の前で君のお母さんは全裸となり、僕のデッサンが始まった。僕は君のお母さんの肉体から美を抽象し、それを完全な美に高めることに成功した。完成した絵を僕は君のお母さんに見せた。君のお母さんは半ば恍惚として『これが私……』と呟いた。僕は『これがお母さんの本当の姿です』とささやいた。君のお母さんは長い時間絵を眺め続けていた。それは幸福であり絶頂であり夢だった。その後、僕は君のお母さんを抱いた。僕は君のお母さんを愛してあげたんじゃない。ただ慰めてあげただけだ。どうして美を完全に抽象された女を愛せるだろう。僕が愛するのは絵だけだ。ただ僕に慰められた君のお母さんは幸福のあまり何度も絶叫し、僕に対して愛を誓うのだった」

17

「定年間近の、59歳の先生が、僕の頬を叩いたんだ。『あなたは生意気だ』と言ってね」そう言って魔王が話し始めた。「なぜ生意気だと暴力を振るわれなければならないんだ。僕には理屈がわからない。僕は筋が通ってないことが大嫌いなんだ。絶対にあの婆々に復讐してやると誓ったよ。不条理な罰には不条理な罰で対抗するんだ。この間、先生を僕の家に呼んだんだ。『申し訳ありません。謝罪します』先生は勝ち誇ったように笑って、僕に言ったんだ。『あなたは頭がいい。でも私に言わせればそれだけなんだ』僕はにやにや笑ったんだ。

それが僕の癖であり、専売特許だ。ところで僕は隠し撮りの名人だ。僕は先生を隠し撮りした写真をスマホで見せてやった。それは先生のスカートの中を盗撮したもので、百枚以上あったのだが、中には染みのついたパンティの写真もあった。僕は言った。『これをSNSで拡散させましょうか。それとも僕と取り引きしますか』プライドが高くて、家族が何より大切な先生は、苦渋の決断をした。先生は僕の前でパンティを脱いだんだ。それは先生の恥辱だったが、最大の恥辱のプロローグでもあった。僕はパンティを脱いだ先生の股間をスマホで撮影した。僕は先生のことを少しも美しいと思わなかったが、先生の恥辱はとても美しいと思った。翌日、教壇に立った先生は妙に落ち着きがなかった。授業の途中、先生は生徒に面と向かってささやくように言った。『皆さんに重大なお知らせがあります』先生は呼吸を整えた。そしてこれは確かなことだが先生は恍惚とした笑みを浮かべたのだ。『これから先生はパンティを脱ぎます。私は59歳ですが、一人の女です。女なんです』先生はスカートの中に手を入れた。僕は生徒の前で先生に先生が女であることを証明させた。それはどんな証明よりも大切な証明であり、見事な証明だった」

18

「この間、僕は君のお母さんを家に招いたんだ。君のお母さんの親友も一緒だった。ママ友だけど姉妹みたいに仲が良いんだぜ」そう言って魔王は話し始めた。「僕は二人を相手にして、友情について色々と話しをした。特に強調したのは友情の持つ美しさについてだ。僕は友情は愛情よりも運命的で、強い絆であることを伝えた。二人は真剣に首肯いていたよ。それから僕の提案で罰ゲームを行なったんだ。じゃんけんに勝った者は、じゃんけんに負けた者にどんな命令でも出来る、負けた者は絶対服従だというゲームさ。じゃんけんの勝者には僕がなった。僕は敗者である二人に命令した。『女同士で熱いキスをするのです』二人は困惑していたが、僕は一喝した。『これは約束だ』君はおずおずと二人はキスをしたと思うかい。ところが親友は君のお母さんに熱烈なキスをして、それは長時間続いた。僕は話しの中で見抜いていた。君のお母さんに対する親友の本当の感情を。つまり愛欲とさえ言える愛情だ。僕はその愛情に火をつけてあげたんだ。親友に向かって僕は命じた。『真実を告白しなさい』親友は君のお母さんにプロポーズをした。自分との結婚を迫り、絶対に幸福にすると誓約した。ここからが本当の罰ゲームの始まりだ。『女同士で儀式をするのです』二人にどんな儀式をさせたかそれは明かさない。ただその儀式は君のお母さんを生まれ変わらせる体験で、君のお母さんは眼醒め、その眼は親友だけしか見えなくなった。女同士であることなど問題ではなかった。大切なのは運命への信頼と精神の絆だ。それに加えて女にとっては自分の肉体に最高の悦びを与えてくれる存在が主人の座に就くのだ。今、君のお母さんは遠い国にいる。親友は君のお母さんを抱き締め、君のお母さんは新しい主人に本当の幸福の意味を教えてもらっているはずだ」

19

「君のお母さんは政治に関心の強い人だね。僕も政治には関心がある。というより世の中の人はみんな政治に関心を持たなければならないというのが僕の意見だ」そう言って魔王は話し始めた。「先日、君のお母さんを家に招待してね、僕は君のお母さんから政治について色々学ばせてもらったよ。君のお母さんは一家言持っているというか、とてもしっかりしていて感心させられたんだ。僕は君のお母さんに訊ねたんだ。『日韓関係についてはどうです。僕は韓国に友人がいるんで仲良くしたいのですが』君のお母さんはきっぱりと言ったよ。『政府は毅然とした態度で韓国に臨むべきです』僕はにやにや笑って言ったんだ。『今日、僕はお母さんに謝罪する悦びを知ってもらおうと思ってゲストを呼んであるのですよ』すると部屋に一人のとても美しい韓国人青年が入ってきた。彼は上半身が裸で、その肉体は鍛えられていた。青年は君のお母さんを見つけて笑った。そこから素敵なショーさ。青年にとって君のお母さんは大和撫子という人形であり、おもちゃだった。青年は心ゆくまでおもちゃを弄び、性の捌口にした。君のお母さんはなかなか素敵な従軍慰安婦だったよ。しかし、ユニークだったのは青年の方が従軍慰安婦に謝罪を求めたことだった。君のお母さんは執拗な要求に敗北した。『ごめんなさい』『許してください』『もうしません』屈辱に慄える君のお母さんの肉体を、青年の逞しい肉体が強さとやさしさで包んだ。敗北した肉体も敗北した精神も大きな愛が呑み込んだ時、君のお母さんは初めて喘ぎ、悦びを示した。僕は日本が韓国に征服される光景を見た。明らかに君のお母さんは屈辱を悦びに転化させていた。恍惚として謝罪し続ける君のお母さんの口から奇跡の言葉が生まれた。

『サランヘヨ。サランヘヨ』

20

「君のお母さんは小鳥が大好きなんだね。よく公園に行って小鳥たちとお話しをしているそうじゃないか。僕はそれをある種の特別な才能だと思う」そう言って魔王は話しを始めた。「先日、僕は君のお母さんを自宅に招待した。じつは僕も小鳥が大好きで、僕の場合は小鳥を飼っているんだ。小鳥の囀りで眼を醒ますことはあるけど、僕には小鳥と話しをする才能はない。そのことを君のお母さんに伝えたら、君のお母さんはにっこり笑って、自分自身が小鳥になるんだ、そうすれば小鳥の言葉がわかるようになる、と教えてくれた。僕はにやにや笑って、『では、今からお母さんに小鳥になってもらう』と言った。部屋に一人の美しい白人青年が現れた。アメリカ人だ。青年は君のお母さんの隣に座り、英語で語りかけた。しかし、君のお母さんは英語を全然知らなかった。僕は言った。『お母さんの理屈で言えば、お母さんがアメリカ人になれば言葉が理解出来るようになる』その後青年が行なったことは、君のお母さんを生まれ変わらせることだった。それは熱烈な愛とも言えたし、巧みなレッスンとも言えた。愛は知ることであり、知ることは愛である。君のお母さんは愛の悦びと英語を喋れる自分と同時に二つのことを達成した。僕の眼には、君のお母さんは英語を囀る小鳥と映ったけれど。青年と君のお母さんとは英語で愛の悦びを語り合う『つがい』となった。僕の眼の前で二匹の小鳥は何度も交尾を繰り返し、雌である君のお母さんは囀ったり、歓喜の歌を歌った。いつしか君のお母さんは本当の小鳥のように海を渡りたいと願うようになった。僕の眼には見える、君のお母さんがいつか金色の髪と青い眼をした小鳥を産む光景が。その時、君のお母さんは法悦を囀るのだ」

21

「君のお母さんは歯科衛生士だ。歯科衛生士というとやさしいというイメージがある。そして君のお母さんはやさしくてきれいだ」そう言って魔王が話し始めた。「先日、僕は君のお母さんを家に招待した。とても魅力的だと思ったよ。とにかくやさしい人だった。そんな君のお母さんに僕は虫歯の話しをした。君のお母さんは僕に歯科に行くように勧めてくれた。最近は虫歯の治療も痛みが少ないんだと言ってね。ところが僕はこう言った。『僕にとって虫歯の痛みは快楽なんです。この痛みを手放すのは絶対にいやなんです』君のお母さんは苦笑して、あなたは変わった人だと言った。だから僕はこう言った。『いいえ。これから変わってもらうのはお母さんの方です。お母さんはこれから虫歯になるんです』部屋に一人のとても美しい白人青年が入ってきた。青年はフランス語で君のお母さんに挨拶をした。『あなたが最高級のワインですね』僕は三島由紀夫を尊敬しているが、それは魔的な才能に魅せられてというよりも彼の肉体が言葉に蝕まれていたためだ。それから青年が行なったことは法律的には強姦だが、芸術的には創造だ。青年はとても甘美な叙事詩を小さくて柔らかな肉体に覚え込ませ、一生忘れられない思い出にしようとした。最初肉体は拒絶を示していたが、次第に感動へと変化してゆく様子が僕には手に取るようにわかった。感動は興奮を生み、興奮は歓喜を作り出し、歓喜は到々肉体に絶頂を齎した。肉体が見せる最高に官能的で、美しい光景だった。その時、肉体は完全に言葉に蝕まれ、君のお母さんは一篇の詩となったのだ。僕は信じるが、最後にこう叫んだのは君のお母さんではなく、言葉に蝕まれ、自分を言葉と信じた肉体だ。即ち『ジュテーム』僕はこの素敵な詩に題名を与えてあげた。それは君も想像の通り『虫歯』だ」

22

「君のお母さんは精神科医だね。僕は精神医学に興味があってね。時々その方面の本を読んで勉強しているんだ」そう言って魔王は話し始めた。「この間、僕は君のお母さんを家に招待したんだ。話しを色々したけど、とにかく頭のいい人だった。話しの内容が論理的で、的を射たことしか言わないんだ。僕は君のお母さんに言ったんだ。『僕が自分のことを喋ったら、お母さんは精神分析してくれますか』君のお母さんは笑いながら、してもいいけど料金頂きますよって返事をしたよ。それで僕が言ったんだ。『僕がお母さんの精神分析をしてあげますよ。ただし僕が頂くのは料金ではなくて、お母さんの心ですけどね』僕は指を鳴らした。部屋に屈強な肉体をした黒人男性が入ってきた。男性は既に全裸だった。聳立つ巨大な肉棒が君のお母さんの運命を明示していた。僕の眼の前で繰り広げられたのは、精神が肉体に征服されてゆく物語だった。僕に言わせれば、精神が肉体の主人なのではなく、肉体が精神の主人なのだ。肉体によって精神はその正体を暴露された。精神は大変脆弱な肉体だった。この世界では弱者は強者に支配され、隷属しなければならない。僕は弱者の秘密を知っている。それは強者に隷属する悦びだ。精神は己れの弱さを自覚することで、運命を受け入れた。精神の諦念から悦びへ、悦びから快楽へと変化してゆく光景が僕の眼には神々しかった。肉体が精神を完全に征服した時、精神は喜悦の声を上げたが、それは殆ど咆哮だった。今や精神は肉体の犬となった。肉体が精神のお尻を叩くと、精神は感激していた。肉体が精神に奉仕するように命じると、精神は肉体の一番大事な部分を口に咥えた。僕は君に君のお母さんの診断名を告げる。『一人の女』だ。やがてこの病気は黒色の赤ん坊を産むという至福に到達するだろう」

23

「今日、君を僕の家に呼んだ理由を話そう。じつは僕は今、とても悩んでいるんだ。その悩みを君に聞いてもらいたいんだ」そう言って魔王は話し始めた。

「君は僕が悩みを持たない人間だと思っていただろうか。しかし、実際この世の中に悩みを持たない人間がいるだろうか。誰だって性器を持っているように、この世誰だって悩みを持っているんだ。性器も悩みも普遍だ。ただみんな性器を見せたがらないように、悩みを見せたがらないだけなんだ。僕に言わせれば、性器が肉体の核なら、悩みは人生の核なんだ。その僕の悩みを、つまりは僕の性器を、今日僕は君に見てもらいたいんだよ。いや君は見なければならないんだ。こんな話しは純情な性格の君にはアダルト過ぎるだろうか。だが男子はみんなアダルトな映像の目撃者となることで『男』に成長するものだ。率直に君に僕の悩みを打ち明けよう。僕は君のことが好きなんだ。君が欲しくて堪らないんだ。僕は君の心も体も欲しい。僕は欲しいものは絶対手に入れる主義だ。お金でも才能でも女でも。そして男もね。まず君に見せたいものがある。これは僕が隠し撮りした動画だ。ほら、お風呂場の中で一人の少年が体を洗っているね。これは少年のおちんちんをズームした映像だ。別の動画では少年がトイレでウンコをしているよ。この少年が誰だかすぐにわかるね。つまり君だ。君はもう僕にすべてを見られているんだ。僕にすべてを見られている君は、これから僕にすべてを見せなければならない君だ。脅迫は好きじゃない。好きなのは君のことだ。君は僕に対しても、自分の運命に対しても従順になるべきだ。男同士で愛し合うことは罪じゃない。偏見が罪なのだ。君はパンツを脱いで、勃起しているおちんちんを僕に見せるんだ。君が絶対間違いだと思うものを僕は君の真実にしてみせる」

24

「君のお父さんが借金で苦しんでいることを伝え聞いた。早速僕は調査をしてその借金の額が、僕が株で1か月に稼ぐ額と同等だと理解した」そう言って魔王は話し始めた。「先日、僕は君のお父さんを家に招いた。君のお父さんはスポーツマンで逞しい肉体をしていた。僕は君のお父さんと色々話しをし、憐れみを示した。そして黙ってテーブルの上に札束を置いた。それは借金を返済するのに充分な額であり、君のお父さんは餌を前にした犬のように興味深げに眺めていた。僕は言った。『お父さんに差し上げます。ただし取り引きです。僕が希望するものを差し出してください』僕は自分の希望をささやいた。最初君のお父さんが示したのは激しい戸惑いだった。しかし、戸惑いを制するほど札束の魅力は強く、戸惑いは観念へと変化し、観念は蛮勇という子を産んだ。君のお父さんはソファに座る僕の眼の前に立ち、ズボンと下着をおろした。聳立つ黒い峰があらわれた。僕の手は峰をやさしく撫でた。僕は慰める才能に関しては天才だ。僕に慰められた峰は白濁の溶岩を噴き出して、それは僕の顔にかかった。さらに僕は峰を慰めようとしてそれを口に咥えた。巧妙な舌先に感じた峰は繰り返し噴火して、僕の喉へと溶岩を流し込んだ。溶岩は怒りではなく、屈辱でもなく、悦びを意味していた。確かに逞しい下半身は震えていたが、それは感動のためだったと僕は断言できる。君のお母さんでさえ与えられない感動を、僕は易々と君のお父さんに与えてあげたのだ。感動は君のお父さんを獣以上の存在である咆哮に変身させた。最後に咆哮がとった行動は、僕の服を脱がせ、全裸にし、僕のお尻の穴に峰を差し込むことだった。咆哮の眼にとって、僕が君のお母さん以上に美に見えていたことは言うまでもない」

25

「君のお母さんは典型的な良妻賢母だ。さぞかし君も君のお母さんのことを尊敬し、誇りに思っていることだろう」そう言って魔王は話し始めた。「先日、僕は君のお母さんを家に招待した。色々と話しをしたけど、君のお母さんは上品で、やさしくて、何より女らしかった。僕が見てきた女性の中で一番女らしいと言ってよいほどだ。ところで僕は特殊な才能に恵まれていて、催眠術が出来るんだ。特殊と言っても、催眠術はやろうと思えば誰でも出来る術で、誰もやろうとしないだけなんだ。手品と同じだね。僕は君のお母さんにお願いした。『催眠術をかけさせてほしい』君のお母さんは愉快そうに笑って、いいですよと快諾した。ただの遊びだと思ったらしい。しかし、世の中には遊び心から始めて、それが中毒に到るケースが往々にあるものだ。僕の催眠術は簡単だ。君のお母さんに眼を閉じさせて、耳許で低い声でささやいたんだ。『男になれ』君眼を開けた君のお母さんには何の変化もないように見えた。ところが部屋に絶世の美女が出現した時、僕は君のお母さんの生まれ変わった姿を目撃した。その眼は獲物を見つけた野獣のようにぎらぎら輝いていた。僕の眼の前で演じられたのは美女と野獣の物語だった。それは単なるレズビアンショーとも言えたけれど。野獣と化した君のお母さんは美女を抱き締め歓喜に溢れていた。そして男の幸福に到達した。僕は分析する。この結果を導き出したのは、僕の催眠術ではなく、君のお母さんの内部にしまわれていた深層心理だと。そうでなければあんな簡単なやり方で女がこれほど見事に男になるわけがない。男になることは君のお母さんの強い願望だったのだ。催眠術が解けた君のお母さんは女同士でキスしている自分に驚いていた。美女と野獣の物語が終わった時、新しい物語は始まった。君のお母さんは本当の自分に出会うため、そのうち病院で手術を受けるだろう」

26

「君は中性的な少年だね。よく女の子に間違われることがあるだろう」そう言って魔王は話し始めた。「ドストエフスキイという作家は『真理は中間にある』と言ったけれど、さながら君は学校一の真理だ。真理は大切にされるべきだし、守られるべきだ。これでも僕は真理を愛する人間だ。だから僕は君を愛する。ただ僕の人の愛し方はいつも独特で、独特な愛が僕の愛だ。僕は僕という人間を証明するために生きていると思っているが、僕を証明するものは僕の独自性だ。僕がドストエフスキイと異なるのは、僕は極端の中にしか真理はないと考えている点だ。僕に言わせれば、イエス・キリストも、仏陀も、極端から生まれた天才で、極端を究めたんだ。僕の愛は僕の極端だ。そこで僕は僕の極端を君に教えたい。君の心と体に教えるんだ。君は知るだろう。愛の幸福と悦びを。そしてそれを知った君は僕を賛美するんだ。永遠にね。僕は知っている、墓の下の眠りの中にも生があることを。僕には癖があってね、よく墓を踏むんだ。死者を虐げるためじゃない、その逆悦ばせるためだ。死後の生の本質はマゾヒズムだというのが僕の信仰なんだ。マゾヒストでなかったら永遠の眠りなんて貪れないというのが理屈でね。ところで、戦時中の米兵の話しだ。彼らは面白いアイディアで日本人女性を弄んだ。つまり日本人女性を全裸にして、盛りがついた犬に襲わせたんだ。米兵の前で日本人女性と犬とをセックスさせて、それを彼らは鑑賞して愉しんだんだ。僕の家にも逞しい飼い犬がいる。その犬は今、巨大な檻の中で待っているんだ。何を待っているのかわかるね。君だよ。君は服を脱いで全裸となり、巨大な檻に入るんだ。君は今、生きている。しかし死ぬんだ。僕が君をマゾヒストに蘇らせてみせる。その時君はもしかしたら教祖かもしれない。教祖である君は、誰も知らない悦びの教義を語れる君だ」

27

「僕の愛読書は三島由紀夫『金閣寺』だ。登場人物の中で、僕は溝口には全然共感しなかったが、柏木には深く感動した。彼の思想が僕は好きなんだ」そう言って魔王が話し始めた。「柏木の思想は難解だ。しかし難解な思想は例外なくエロティックだというのが僕の考えで、実際柏木の思想はとてもエロティックだ。僕は人生でエロティシズムにしか興味がない人間で、三度の飯よりエロティシズムが好きだ。僕に言わせればエロティシズムの本質は『倒錯』で、この世界の最大の倒錯は、人間が神を殺すことだ。僕は『神の死』というニーチェの言葉はエロティックにしか聞こえない。学生にとって最大のエロティシズムは教師を犯すことで、生徒が男であり、教師が女でしかないことを証明することだ。ところで、柏木の話しは正確だが、話しの中に僕には誤りだと思える箇所がある。『しかし、個々の認識、おのおのの認識というものはないのだ』という点がそれだ。僕は、この世界には個々の認識、おのおのの認識しかないと考えていて、共通の認識とは認識の死骸だと主張するのだ。僕が愛するのはつねに僕の独自性だ。僕は孤独とセックスし、孤独と結婚する。溝口にとって美とは金閣だった。僕にとっては柏木の思想の方が遥かに美しい。僕には溝口が柏木に抱かれたいという夢想を一度も持たなかったのが不満だ。たとえ僕が金閣を目にしても美しいと思わないだろう。僕にとっては金閣も石も骨も同じものだ。僕は柏木と議論する夢を見る。どちらの議論がより相手を魅了するだろう。だが議論の勝利は彼に譲ろう。そのかわり僕は彼の内翻足を絶賛する。そして彼の不具を愛撫する。『金閣寺』の中で一番美しく描かれているのは、じつは柏木の内翻足だということを読者はどれだけ気付いただろうか。僕は柏木を抱きたいのだ。しかし、柏木を抱いているつもりで、僕に抱かれているのは溝口かもしれないのだ。なぜなら僕こそ金閣であり、世界で唯一美と言えるものだからだ」

28

「君のお母さんはとても色気のある人だよね。肉の魅力というのかな。肉というのは本当にエロティックだ」そう言って魔王は話し始めた。「先日、僕は君のお母さんを家に招待したんだ。僕は君のお母さんの色気を絶賛した。『お母さんは日本のマリリン・モンローです。いやマリリン以上かもしれない』君のお母さんは照れ笑いを顔に浮かべて、それは言い過ぎだと言っていたけどね。僕は女性を前にして沈黙する男性を否定する。男とは女以上に言葉でないといけない。男とは感動の言葉の追求者であり、その目的は女の悦びだ。言葉で女を悦ばせるのが男の本来の姿であり、セックスとは言葉の模倣だ。セックスが感動的なのは、それが感動的な言葉を忠実に肉体が再現し得た時だ。僕は君のお母さんの太い眉毛を褒めた。『眉毛の太い人は陰毛も濃いというけれどあれは俗説ですか』君のお母さんは頬を赤らめ、私は知らないと答えた。それからも僕は君のお母さんの大きな胸を褒めた。大きな尻を褒めた。セクシーな下着を褒めた。大きな乳輪を褒めた。葡萄のような乳首を褒めた。君のお母さんは、想像で喋るのは止めてくださいと言った。僕はいい加減な言葉を憎悪する人間だ。僕はスマホを取り出してある動画を見せた。そこには温泉を愉しむ一人の全裸の女性が映っていた。陰毛は黒々として茂っていた。もちろん君のお母さんだ。『僕と取り引きしましょう』翌日、僕は君のお母さんと一緒に街をデートした。君のお母さんは白いドレス姿で、顔は終始強硬っていた。僕は君のお母さんを街のある場所に立たせた。僕は時間を待った。時間を待つのはデートより愉しかった。時間が来た。地下鉄が通ったのだ。地下鉄の通気口の上に立つ君のお母さんのドレスのスカートが大きく捲れあがった。君のお母さんは何も穿いておらず、街の中で一個の『恥』と化した。君のお母さんがマリリンを超えた瞬間だった」

29

「君のお母さんは心がとても純粋な人だ。汚れのまったくない、言うなれば真水のような女性だ」そう言って魔王は話し始めた。「この間、僕は君のお母さんを家に招待した。色々と話しをする中で一番盛り上がったのはやっぱり君の話しだ。僕はどんなに君が好人物で、御人好か熱弁した。君のお母さんも僕に負けじと君の長所を並べていた。僕は君のお母さんにこんな質問をした。『僕は男だから出産の悦びが理解出来ない。お母さんに出産の悦びを説明してほしいのですが』君のお母さんは、それは悦びである以上に感動であり、言葉で説明したら嘘になるものだ。それは体験した者のみが知り得て、体験出来ないあなたは見守る以外にないと答えてくれた。僕は名答を聞かされたと思った。だから僕は君のお母さんに言ったんだ。『僕はお母さんを見守りたい』君のお母さんはおかしそうに笑って、それは愛の告白かと言った。僕は誓った。『これからお母さんを赤ん坊にしてみせる』それから僕が君のお母さんに行なったことはひたすら法を説くことだった。僕はあなたの純粋を信仰し、純粋を形にしたいと願う者だ。赤児となって一切の穢れから離脱し、原初の感情を呼び醒ませ。愛から誕生したあなたがこの世界で最初に発した声を取り戻せ。人間には言葉より大切なものがある。それは悦びの叫びだ。真理を産む者となった時、あなたは神だ。君のお母さんは自らの意思で神を選択し、真理を叫ぶ者となった。最初は弱々しく、次第に大きな声で真理は聞こえてきた。『おぎゃあ。おぎゃあ』君のお母さんは自分を出産したんだ。僕は君のお母さんを赤ん坊の当時の姿である生まれたままの姿にした。赤ん坊は僕の胸に抱かれて泣き続けた。それから僕と君のお母さんのしたことは赤ちゃんプレイだったろうか。僕は赤ん坊の早い成長を誰よりも願う者となり、やさしさを与え続けた。泣き声は、喘ぎ声となり、やがて歌となった。今、新しく一人の女に成長した君のお母さんは、僕に対して愛の讃歌しか語れないのだ」

30

「君のお母さんはとてもプライドの高い女性だ。頭も良くて、しっかりしている。僕は感心の眼射でしか君のお母さんを見つめることが出来ないんだ」そう言って魔王は話し始めた。「この間、僕は君のお母さんを家に招待したんだ。君のお母さんからは内面の強さが醸し出す、女の美しさと色気を感じさせてもらった。男と渡り合える女は女らしくないんじゃない、より一層女らしいと思った。僕は君のお母さんの女らしい部分にとても興味を持った。僕は言った。『お母さんはやろうと思えば何でも出来る人だと思います』君のお母さんは微笑を浮べて、色々なことに挑戦するのが生き甲斐のある人生だと思いますと答えてくれた。僕はにやにや笑って言った。『まさにこれからのお母さんの人生は挑戦です。愛と悦びのね』その後、僕の前から君のお母さんの姿が消えた。正確には連れ去られたのだ。僕も君ももう二度と君のお母さんを眼にすることはないだろう。今、君のお母さんは地中海に浮かぶ孤島にいるのだ。名前をレスボス島と言う。そこには絶対的な女王がいて島全体を支配している。島に住んでいるのは全員女で、みんな美女だ。島の唯一の法律はお互いに愛し合うこと。法律を知らない肉体が、多くの肉体に取り囲まれ、貪られ、教えられる。かつて持っていたプライドは見事なまでに取り除かれる。恐怖で慄える肉体に、肉体を悦びで慄わせるという変化が訪れる。肉体は従順を学び、島の法律に従う自分となり、法律が悦びとなる。かつて禁断と思えたものが、今や最高の幸福なのだ。肉体は歓喜し、この歓喜を真実と悟る。肉体は新しい愛の形を知り、新しい愛の形はこれからの生なのだ。僕の眼には見える、君のお母さんが女王に抱かれ、愛を誓う姿が。変わったのは君のお母さんの住んでいる世界ではない、君のお母さん其物なのだ」

31

「君のお母さんは小柄で、可愛らしいね。まるでアイドルタレントのようだ」そう言って魔王は話し始めた。「先日、僕は君のお母さんを家に招待してね、色々とお喋りをしたんだ。笑顔が素敵でね、子供か人形を眼の前にしているようだった。いかにも日本男性が好みそうな純潔な印象を持った。僕は君のお母さんに言ったんだ。『高校生に間違われませんか』君のお母さんはくすぐったそうに笑って、私も自分でもセーラー服姿にもう一度憧れているんですって答えていた。そして、よく鼠に似ているって言われるんです。褒められてるのか貶されてるのかわからないでしょうって。僕はにやにや笑い始めた。『お母さんは鼠ですよ。これから本物の鼠になるのです』部屋に大柄な白人男性が入って来た。男性は全裸で、肌が真っ白だった。巨大な白猫だった。こういうふうに言えば、君にもその後の君のお母さんの運命がわかるだろう。僕に言わせれば、鼠は猫に喰べられるから鼠なのだ。猫は可愛らしい鼠を見つけて笑った。そこからが劇だよ。部屋の隅に鼠を追い詰めた猫は、鼠を生まれたままの姿にした。猫はすぐには鼠を仕留めなかった。この猫の独創的なところは、怯える鼠に愛の言葉をささやき続けたところだ。怯えが安心に変わり、奇跡的なことだが安心が恍惚を生んだ。猫に喰べる悦びがあるように、鼠には喰べられる悦びがある。鼠は己れの死を前にして肉体を慄わせた。僕はこれは恐怖ではない、感動だと見抜いた。鼠は死のエロティシズムの発見者だった。己れの死が近づけば近づくほど鼠は興奮した。猫が鼠の柔らかな肉体を舌で舐め始めた。それは鼠にとって己れの死を愛撫されることで、倒錯ではあったが鼠は喜悦の啼声を漏らすのを我慢出来なかった。その後、猫は鼠を喰べた。比喩的には殺生だが、実際には生命を生み出すための儀式と言えた。鼠は猫を恐怖する生き物ではない。鼠にとって猫は主人であり、猫に弄ばれることで歓喜する可愛い小動物である」

32

「お母さんの息子さんと僕とは反りが合わず、よく対立するんです。僕も生意気な人間ですが、息子さんはもっと生意気です」そう言って魔王は話し始めた。「僕の場合、生意気の中につねにやさしさを隠していますが、息子さんの場合、生意気の中味はやっぱり生意気なのです。つまり、心底生意気なのですね。僕は自己主張の出来ない人間は嫌いだが、生意気な人間はもっと嫌いです。息子さんの自己主張は評価しますが、僕に対する息子さんの自己主張は喧嘩を売っているのも同然です。今回、僕は売られた喧嘩をあえて買い、息子さんと対決しました。行なったのは殴り合いではありません。ゲームです。それは僕が発案したゲームで、お互い向かい合い、相手を興奮させるのです。興奮した方が敗者です。僕は、息子さんを相手に耳許で愛の言葉をささやき続けました。言って置きますが、僕は愛の言葉をささやかせたら天才です。ゲーテやハイネと遜色ないのです。僕の眼の前で息子さんは呆気なく興奮させられました。怒りのためではありません。性的興奮です。僕は勝者の権利として息子さんに命じました。『全部脱げ』全裸の息子さんの息子は勃起していました。僕は息子を手で強く握り、何度も引き抜こうとしました。息子さんは戸惑いの表情を浮べていました。しかし、僕が睾丸をとてもやさしく撫でてあげると、喜悦の声が漏れてきました。その後、息子さんによると生まれて初めての射精が行なわれたのです。僕は息子さんの股間に顔を埋め、稲荷鮨を御馳走になりました。陶酔と化した息子さんの叫んだ言葉が忘れられません。『僕の睾丸を握り潰して』息子さんは悟ったのだと僕は思いました。そのうちお母さんのもとへ生まれ変わった息子さんの姿が現れるでしょう。それがお母さんの眼に息子と見えず娘に見えたとしても自分の眼を疑わないでください。疑いようがないのは息子さんが自ら選択した道の方なのですから」

33

「君のお母さんは道徳的にとてもしっかりした人だ。僕も道徳はとても大切だと思うし、つねに道徳を尊重している者だ」そう言って魔王は話し始めた。「先日、僕は君のお母さんを家に招待して、道徳について議論したんだ。じつに潔癖な人でね、汚れというものを許さないんだ。ある意味強さを感じたし、ある意味単純だと思った。それを美と呼ぶことも出来たけど、僕は別の名前で呼んだ。即ち『馬鹿』さ。僕は君のお母さんにある動画を見せた。それは君に関する動画で、君がデパートで女性のスカートの中身を隠し撮りしている姿を僕が隠し撮りしたものだった。君は随分夢中になっていたけど、僕の方もこれで夢を叶えられると確信していた。動画を見た君のお母さんはひどく動揺し、泣き出した。強さが弱さに変わった瞬間だった。僕は君のお母さんに独自の道徳を説いた。『道徳は背徳を知ることで真の道徳となるのです。これからお母さんは背徳を学ぶのです』部屋に一人のとても美しい韓国人青年が現れた。僕の眼の前で行なわれたのは道徳が背徳に生まれ変わってゆく劇だ。演技指導をしたのは僕だ。僕は道徳に青年の服をすべて脱がさせた。そして道徳に青年の唇を貪らせ、その鍛えられた肉体に舌を這わさせた。道徳にも性欲はあり、それは普段の抑圧が強いぶんだけ、発現した時は大胆だった。指導もしてないのに、道徳は青年の聳立つ肉棒を口に咥えた。もはや指導は必要なかった。道徳は自ら背徳に手を伸ばし、背徳を手に入れた。道徳は背徳となり、背徳となった自分に恍惚としていた。青年は君のお母さんのことを『韓国の犬』と呼んだ。それに感激する君のお母さんの姿があった。国境を超えた愛は続き、全裸となった君のお母さんは青年によって炎にされた。燃え上がった炎は、何度も何度も卑猥な言葉を平気で口にし、そのたびに歓喜が訪れるのだった」

薬剤師より

薬剤師法　第一条

薬剤師は、調剤、医薬品の供給その他薬事衛生をつかさどることによつて、公衆衛生の向上及び増進に寄与し、もつて国民の健康な生活を確保するものとする。

1

わたしは薬剤師です。しかしながら正直申しまして薬の力をあまり信用していない薬剤師なんです。わたしが信用しているのは言葉の力なんですな。言葉というのは効く人にはほんとうによく効くんです。効かない人には全然効かないんですがね。わたしは薬よりも言葉を大事にする医者を良い医者と考えるんですな。薬は体にはよく効くんですが、心によく効くのは言葉の方です。患者の肉体同様に心を大事にしてこそ医療じゃありませんかな。結局のところ医療は薬が行なうのではなく人間が行なうのです。医療とは医療従事者と患者との関係のことではないですかな。わたしは自分のことを現実主義者と考えております。そして現実とは人が考えるより遥かに温もりに充ちたものだと考えております。それがわたしが信奉する現実主義です。じゃあ、ぐっどらっく。

2

あなたは抑鬱で苦しんでおられる。だから抗鬱薬が処方された。わかりやすい話しですな。わたしからはあなたに少しわかりにくい話しを処方しましょう。あなたはどうして遠い場所があると思いますかな？　近くないから？　頓智みたいな答えですな。わたしに言わせればね、遠い場所には夢が置いてあるのです。夢はいつでもあなたの訪問を待っています。苦しいいまは、じっとしていることも大切です。でも、かならずじっとしていられなくなる時がやってきます。その時、あなたは歩きだすのです。遠い場所に向かってね。遠い場所があるということは、あなたが若いということです。人は遠い場所がある限り、みな若いんですな。抑鬱は早く治しなさい。でも、自分の若さはいつまでも大切に抱えていきなさい。わたしはもう年寄りです。あなたが羨ましい。じゃあ、お大事に。

3

わたしは現実主義者の薬剤師です。現実を見る目を何よりも大切にしています。薬の正しい処方も、現実を直視してこそ可能なんです。夢を見るような目で患者様を眺めても、正しい薬は処方できんのですな。しかし、わたしは自分の夢をはっきり語れる人を尊敬もしますし、愛しもします。わたしの言う夢とは空想のことではありません。目標のことです。わたしは自分の目標は自己認識から生まれると考えるんですな。あなたにアドバイスを処方します。自分という人間をよく知ることです。それは病気の治療にも役立ちますし、何よりの病気の予防法です。いつか病気がよくなったら、わたしにもあなたの夢を聞かせてください。わたしは薬剤師なので診察はできませんが、あなたの成長する姿を見て、応援することならできます。じゃあ、ぐっどらっく。

4

かつて小渕恵三元首相は、記者から早起きのこつを訊かれて、こう答えたそうです。「目を開けることだな」あなたは笑っておられますが、なかなかどうしてこれは奥の深い話しなのですな。太陽が昇っても目を醒まさなければ朝は来ません。夜中でも目を醒ませばそれが朝です。ということは朝は自分で決められるということであり、もう一歩踏み込めば自分が朝だということです。いろいろ悩みを抱えておられるあなたに、しがない薬剤師からアドバイスを贈ります。あなたの希望はあなた自身です。人からいろいろ言われても気にしないことです。あなたは自分を信じていればいい。ところで、自分を信じさせる薬というものは医者にも薬剤師にも処方できないのです。あなたがあなたに処方してあげてください。強さとやさしさとを持ってね。じゃあ、ぐっどらっく。

5

時間とは何かについてよく考えます。わたしには答えが出せません。しかし、確かだと思えることがあるんですな。時間はすべてを変える力であり、時間によって変わらぬものは何もないということです。あなたも時間の中の住人であり、あなたの悩みも時間の中にあるのです。いずれあなたは変わるし、あなたの悩みが永遠に続くわけでもないのです。変わることは場合によっては悲しみでしょうが、あなたの悩みを希望に変えるチャンスでもあるのです。むしろあなたは変化する力を持っておられるのです。継続は力ですが、変化はさらに大きな力です。あなたは変わることにおいてのみあなたなのです。それをわたしは人間の有り様と考えます。どうぞお大事に、とは言いません。どうぞ前向きにと言わせてください。

6

お母さんは引きこもりの息子さんを抱えていらっしゃる。だからお医者さんに相談された。わかりやすい話しですな。同様にわかりやすい話しを致しますと、薬局には引きこもりに効き目のある薬は置いてないんですな。むしろ薬はお母さんが持っていると思うべきです。わたしが勝手に想像するに、息子さんは未来を間違えて考えておられないでしょうか。つまり自分の未来には何もないというふうに。しかし未来には何もないのではないのです。未来には前例がないだけです。息子さんにお伝えください。あなたがあなたの答えです。正しい答えではないかもしれないけれど、間違った答えでもないはずです。あなたはあなたが信じる答えになればいい。薬剤師の戯言かもしれませんが、わたしに言える精一杯の心の叫びです。

7

わたしには音楽を聴く趣味はありません。だから歌手もよく知りません。ただわたしは宇多田ヒカルという一人のアーティストに興味があります。わたしは言葉を愛でる薬剤師なので、時々インターネットで彼女の言葉を仕入れるんですな。最近仕入れたのはこんな言葉です。「人のせいにできない仕事をやっていきたい。忙しいのはなぜ？　辛いのはなぜ？　それはわたしがわたしだから」わたしは人生其物が、人のせいにできない仕事なんじゃないかと思うのです。誰のせいにもできない人生を自分のせいだけにして生き抜いた時、人は自分という存在に感謝できるのではないでしょうかな。言葉を伝えることを仕事にできる人が羨ましいですな。言葉を伝えることで、健康以上の力というものを人に与えられたら、それは立派な医療だとわたしは思います。

8

　医療従事者の武器はあくまで常識です。常識だけだと言ってもよい。常識を外れたものに対してはわれわれは無力です。だいたい常識を外れたものに対して、われわれが常識を外れたことを行なえば、それはもう医療ではないのです。常識を外れたものに対してわれわれが使う常套句があります。「しばらく様子を見ましょう」そして目にしているものが常識の範囲内に収まるのをじっと待つのです。しかし、わたしは思うのですが、人間は常識通りにできた存在ではないのです。人間は常識で測れないものをいっぱい抱えています。だからこそ人間だと言えるのです。人間を常識でしか見ようとしないのは常識の傲慢です。わたしは若い薬剤師によくこう言います。「常識を過信しすぎないことがむしろ常識なんだ」

9

わたしは薬剤師ですが、かつては詩人に憧れていた若僧でした。特にわたしはゲーテが好きだったんですな。わたしもゲーテのような格言を一つでも二つでも発明したいと思って努力したのですが、頭から出てくるのは陳腐な言葉ばかり。わたしは自分の才能に呆れて、自堕落にも陥りました。そんなわたしを救ってくれたのは一匹の犬でした。名前をスヌーピーと言います。わたしは彼の言葉を聞きました。「君らしくいよう。君らしいことを誰も間違いだなんて言えないんだ」わたしは自分に問いました。わたしが見失ったわたしらしさはいまどこにある？　わたしは若い方によく言います。あなたのあなたらしさにまさる薬はこの薬局には置いてありません。ゲーテになれなかったわたしは、わたしで良かったわたしだと思っております。

10

いま、あなたは悩みの底におられる。そんなあなたにわたしから届けたいものがあります。薬ではありません。まあ、薬剤師の呟きですな。あなたはあなたを信じるんです。信じるということは簡単なようで簡単なことではありません。あなたがあなたを信じることで、あなたが孤立してしまうこともきっとある。誰だって孤立は怖い。でも、その孤立した自分をあなたが乗り越えた時、あなたが手につかんでいるものは、どんな薬よりもあなたに力を与えてくれるでしょう。薬にできることなんてたかが知れている。しかし、自信というものはわたしに言わせれば只者ではないんです。結果なんて気にしなさんな。結果はただの結果です。大切なことはあなたにしかわからないあなたがつかんだものの内にあるのです。いつだってね。

11

抑鬱で苦しんでおられるあなたにこんなことを言うのは心苦しいですが、たぶんお出しする薬であなたは良くならないでしょうな。薬剤師というのは、薬の効能もよく知る者ですが、薬の限界もよく知っているのです。あなたの場合、悩みがとても深いのです。それはあなたの言葉から知ることができるのです。それを薬で治そうと医者が言うなら、わたしはその医者を信用しません。悩みの深さは、逆にあなたの魅力でもあるのです。普通の人はそこまで深く悩まないし、悩むことができないのです。お大事にとよく言いますが、いまのあなたをあなたは大事にしてごらんなさい。あなたに必要なのは治療ではなく成長です。回復ではなく前進です。わたしはあなたを信じます。薬の限界を知るわたしは、限界を超えてゆくあなたの才能を信じるわたしです。

12

テレビでオリンピックのニュースを見ました。あいにくわたしは運動が苦手でして。わたしがする運動は朝の散歩くらいです。家の近くに神社があるので、お参りがてら散歩して往復するのです。おかげでわたしは健康です。まあ薬剤師も健康が資本です。自分が健康だから患者様にも健康についてお話しができるのです。オリンピックで感じたのは、肉体の無限の可能性です。肉体は精神が考えるより遥かに偉大です。わたしは健康というのは肉体から学ぶものだと思いますな。肉体は健康のことをとてもよく知っていて、肉体の声なき声こそ健康其物じゃないでしょうか。わたしに言わせれば精神は複雑すぎるのです。だから病気にも罹りやすい。肉体の言うことに丁寧に耳を傾け、肉体を尊重する。わたしが考える健康の秘訣です。

13

心がとても苦しいというあなた。しかし、苦しみはあなたに教えませんかな。生きることの大切さを。苦しければ苦しいほど、あなたは死を願うかもしれませんが、それは痛切な生に対する憧憬と裏表じゃありませんかな。わたしに言わせれば、死ぬのは簡単なんです。死ぬことは誰だってできるわけですから。でも生きるのは難しい。生きるのはね、いまを生きている者にだけ与えられた特権なんです。せっかくの特権なら活かしたいものです。若さとは困難を選択するから若さなんです。苦しくて気の毒だと思いますが、死を選択したらあなたはもっと気の毒になるのです。頑張れとは言いません。そのかわりあなたにしかできないことをあなたはするべきですと言います。あなたの未来は、あなたの手だけがつかむことができる、あなたにとって掛け替えのない時間なのです。

14

しばしばわたしはインターネットで言葉を仕入れる薬剤師です。先日はこんな言葉を仕入れました。アメリカの思想家エマーソンの言葉なのですが、「絶えずあなたを何者かに変えようとする世界の中で、自分らしくあり続けること。それがもっとも素晴らしい偉業である」しかしながら、少しだけわたしの意見を言わせてください。人間は、時間とともに変わる存在です。変わったってべつにいいのです。あなたには無理はするなと伝えたい。ただ変わってゆく自分の中で、けっして変わることのない自分がいて、それがわたしが大切に思う自分なのです。その目をあなたには持っていただきたいし、信じ抜いていただきたいと思います。あなたにしか知り得ない自分は、逆にあなたのことをいつも見守っている自分のはずです。大変暑いですが、くれぐれもお体をお大事にしてください。

15

わたしの母親は晩年認知症を患いましてな。わたしは介護をしておりました。施設に入ってからの母親はいつもにこにこしておりましたな。まるで仏さまのようでした。しかし、わたしは母親が満面の笑みでにこにこしていればいるほど悲しかったのです。わたしの目は、もう笑うことしかできなくなった人間の心を見つめていました。あるいは人間は幸せだから笑うのかもしれません。でもね、わたしには笑っている人間がかならず幸せだとはどうしても思えなかったのです。母親は歳をとり子供にかえり、やがて神さまの足もとへとかえってゆきました。わたしは二度と母親に会うことはできないのですが、かなうことならもう一度あのグローブのような分厚い手を握りたい。母親はいまどこにいるのでしょう。時々わたしは現実主義に徹しきれない自分を見つけて、苦笑するのです。

16

わたしは医療の本質は信頼とやさしさだと考えている薬剤師です。特に大切なのは信頼ですな。患者様を信頼できないでどうして医療従事者が務まるでしょう。たとえ患者様側が医療従事者を不信の目で見たとしても、医療従事者の側が信頼の目を失ったら、その医療従事者はもうおしまいです。不信ではけっしていい医療はできないのです。逆に医療従事者の不信は、患者様の心を傷つけてしまうでしょう。そんな医療はあってはならないのです。わたしのよく知る医者に患者様を不信の目でしか見られない人がおりますが、わたしの目にはその医者は医者とは映りません。その医者の精神こそ病気なのです。医者でも病気の人間は多勢います。薬では治らない病気です。どうかあなたはよいめぐり逢いを。

17

わたしのよく知っている医者にこんな人がおります。その医者はとにかく患者の欠点ばかり見つけるのですな。そしてそれをカルテに書き込んで悦に入っているのです。彼は患者の欠点を見つけることに関して天才的なんです。しかし、わたしに言わせればそんなのは医者ではないのです。ほんとうに良い医者は患者の長所をよく見抜くんです。そして患者をよく褒める。もちろん医者の仕事は患者の病気を見抜くことであり、それができない医者は藪医者と呼ばれます。でもね、患者を診察して患者を悪と見做すことのどこが医療ですか。いつでも悪いのは病気であって、患者ではないのです。その医者は患者を敵にしてしまっていますが、敵を見誤っているとしかいいようがありません。人生いろいろ、医者もいろいろです。

18

わたしには絵を鑑賞する趣味がありましてね、よく絵を見るのです。ところでわたしには絵に関する知識も教養もまったくない。ただわたしは絵を見て、絵の中にわたしなりの意味を見つけるんです。長い時間のかかる作業ですが、それが私の絵を見る愉しみなのです。わたしの意味が見つかるまで、わたしは絵から離れません。わたしは人間を見つめる場合も同じだと思うんです。大切なのは正しい解釈ではなく、自分だからこそ見つけられた意味だと思うんです。あなたもいずれ好きな人ができるでしょう。その時、あなたにとって大切なのは正しい理解ではなく、あなただからこそできる理解ではないですかな。薬剤師が患者様の恋愛について立ち入るのは僭越ですが、人生の先輩としてお話しさせていただきました。

人間は偏見を持った動物です。偏見から逃れられる人間はいません。それは医者も同じです。ところが偏見を持った医者が患者を診察するとどうなるか。大変恐ろしい事態が発生してしまうのです。病気でない患者が病気と診断されるのですな。わたしから見て、その患者はまったく正常でした。独特な悩みを抱えておられましたが、わたしに言わせればそれはその人の個性でした。ところが、わたしのよく知る医者はその人を重篤な病気と診断しました。薬剤師が何を言っても無駄です。罷通るのは医者の診断の方です。その医者は患者に敵意を抱いておりました。敵意の目から見れば、患者が悩みを語ることさえ、悪を語ることであり、医者にとって悪とは病気以外の何物でもなかったというわけです。

20

人間は常識に支配された動物です。本人が考える以上に常識に支配されているのですな。固定観念と言い換えてもかまいません。ところで、精神科の診察室にある青年が訪れます。彼の語る悩みは異様で、常識外れなのです。すると常識を持った医者は、その悩みを彼の認知のゆがみと判断したのです。青年にしてみれば、常識外れの事態に遭遇したために、まさに気も狂わんばかりに悩んで診察室を訪れたのにです。医者にしてみれば、自分の信じられないことを話す患者はみな病気なのです。わたしに言わせれば、ひとは常識的なことでは悩まないのです。常識的なことは常識が解決してくれます。悩みとは例外なく常識外れなのであって、その話しを医者が信じてあげないで誰が信じてくれるというのですか。

21

わたしに言わせれば、最近の精神科の診察は内科の真似事になってしまいましたな。「よく眠れていますか」「食欲はどうですか」それ以外のことは殆ど患者に質問しない。診察時間は10分~15分。それは内科の医者のやることです。だったら患者は内科に通院すればいい。精神科ならではの診察ができてこそ患者が精神科に通う意味があるんじゃありませんかな。そのためには医者は精神科ならではの質問を拵える努力をすることです。内科では患者の肉体が問題なのですが、患者の人生を問題にするのが精神科だとわたしは考えるのです。まさに患者は自分の人生を賭けて悩み、訴えようとしているのですから。どうして患者の哲学や思想に耳を傾けないのですかな。わたしは精神科の診察にむしろ悩む薬剤師です。

22

わたしのよく知る患者に、以前医者に対して怒りを爆発させ、暴言を浴びせた人がいるのです。医者はその患者を「統合失調症」と診断して、医療保護入院の措置をとりました。退院してきた患者を、その医者はもう不信の目でしか見れなくなりました。医者の質問に患者が少しでもいらつくと、医者はカルテに「攻撃性の発露が確認された」と書き込みました。医者の指示で、その患者に対応する時は、職員はつねに複数でした。傷ついたのは患者の心の方でした。わたしはその患者から話しを聞いたことがあります。「看護師さんに相談事を聞いてほしいと頼んだだけで、医者がわたしには看護師の安全を講じる義務があると言ったので怒りを爆発させたんだ。いったい誰のための、何のための医療なんだってね。そしたら強制入院さ」

23

わたしのよく知る精神科医にこんな人がいます。彼は精神病患者を犯罪者と同じようにしか眺めることができないんです。彼にとっては精神病患者も犯罪者も同様に「危険な存在」であり、患者を前にしてつねにびくびくしているのです。患者というのは医者が考える以上に敏感な存在で、傷つきやすいんですな。その医者は患者を診察しているようで、患者の心を傷つけてばかりいるのです。はたしてそれが医療と言えますかな。医者が患者を見て、そこに犯罪者としての素質ばかり見出して、心の傷を見逃してしまう。その時、患者はいったい誰を、何を信じたらよいのでしょうか。悩みを抱えて苦しんでいる上に、心の傷まで背負わされて悶えている患者の姿が見えないとしたら、その医者はもう医者とは呼べないのです。

24

わたしのよく知る精神科医がこんなことを言っておりました。「人と人とが戦う時、そこにはかならず憎しみが介在する。憎しみのない戦いというものはありえない」話しを聞いてわたしは唖然とするしかありませんでした。夏の盛り、パリでは五輪が開催され、甲子園ではまもなく高校野球が始まりますな。わたしはいつもスポーツというものに健康の象徴を見ます。いったい彼らの中で、誰が心に憎しみという醜い情熱の炎を燃やして戦っているでしょうか。彼らの心は純粋に勝利を目指し、日頃の努力の積み重ねの証明を願っているのではないでしょうか。国のため、家族のため、応援してくれる人たちのために戦っているのが彼らの姿であって、そこにはつねに自分の限界を超えるという崇高で、美しい夢があるようにわたしには見えます。熱中症に気を付けて、頑張れ選手たち。

25

精神科病院というのはどういう所かわかりますか。精神科病院の中では患者はすべて悪なんです。看護師はつねに悪を監視し、観察しています。そして彼らは悪を点数化して、評価をし、悪の度合を測っているのです。患者は欠陥品であり、不良品であり、場合によっては社会から廃棄しなければならない存在なのです。しばしば患者は大声を出して叫びます。「ここから出してくれ」患者にとっては精神科病院は地獄なんですな。しかし、地獄の方では悪を絶対許さないんです。看護師はやさしい顔の裏に処罰感情をひそませていて、悪が苦しむ姿が快楽なんです。まさに悪魔ですな。わたしは理性の別名を悪魔だと思っていて、理性ほど残酷に人間を扱う存在はないと主張します。病気を可哀想と思わず、人間の罪にすることのどこが医療と言えましょうか。

26

精神科病院の話しをしましょう。精神科病院にカルテ開示請求をした患者さんがいて、たまたまわたしはそれを拝読させてもらったのですな。赤裸々な実態がわたしにもわかりました。看護師は患者のことを人間と思っていないのです。彼らの目には患者は「間違った存在」としか映っておらず、カルテの記録には患者がいかに間違っているかしか書かれておらんのです。そしてわたしによく理解できたのは、看護師が自分を権力者だと思っていることでした。つまり、間違いに対して自分は裁く立場の人間なんですな。精神病というのはべつに人間の間違いではないのです。しかし、看護師には間違いは許せないという気持ちしかない。わたしは、医療とは間違いを正すことではないと主張するのです。患者も哀れですが、もっと哀れなのは看護師の頭の中身です。

27

わたしは薬剤師です。だから患者に薬を処方します。たいていの患者はわたしが処方したとおりに薬を服用してくれるのですが、時々処方に従わないで薬の服用を飛ばしたり、やめてしまわれる方がおられます。さすがにそういう患者には注意を致します、処方どおり薬は飲まないと駄目ですと。しかしね、一方でわたしは絶対者になりたくないなと思うんです。患者の肉体も精神もわたしのものではありません。患者の健康もそうです。それらはすべて患者自身のものです。患者自身のものは患者がいちばんよく知っていて、それをどう扱うかも患者が決めるものだというのが、わたしが考える道理というものです。限りなく患者の意思を尊重することがわたしの役割ではないでしょうか。でも、それでも薬はきちんと飲んでいただきたいのですが。

28

薬の服用のお話しを致します。薬を飲むか、飲まないか、それを最終的に決めるのは、医者でも薬剤師でもありません。それは患者自身です。医療従事者は患者の健康をお手伝いする者であっても、それを支配する者ではないのです。医療従事者の意見や考えがいつでも正しいというわけでもありません。医療の世界に神はいません。医者はいつでも自分を神のような存在にしたがりますがね。医療の主役はむしろ患者であり、患者の意見や考えが尊重されるべきなのです。わたしはいい加減さに対しては怒りもするし呆れもしますが、信念に対しては謙虚でありたいといつも願います。薬を飲まないという選択が患者の信念である場合、その選択に反対する権利は医療従事者にはないのです。ただ患者の幸福を祈るだけです。

29

わたしのよく知る精神科医は、患者を病気と決め込んで、その固定観念からしか発想できない人ですな。とにかく彼にとっては医者の目のまえの人間はすべて病気なんです。病気から離れて患者を見ることができないから、患者の話しはすべて妄想に聞こえてしまう。ある患者は訪問看護師から言葉の暴力をうけたんですな。しかし、その医者は患者の被害妄想と決めつけた。これは物の見方なんですが、患者はとても感受性の強い、心の傷つきやすい人だったとわたしは想像するのです。そうすると些細な言葉でもその人にとっては凶器となってしまうのです。患者は詩集を自費出版しておりまして、わたしは読んだのですが、じつに繊細な内容でした。才能を病気と取り違える、これをわたしは日本の精神医療のレベルの低さと呼ぶのです。

30

わたしのよく知る精神科医は、患者が恋愛感情を持つとそれを病気と考える人ですな。恋愛感情が病気だなどという学説をわたしは聞いたことがありません。たしかに恋愛感情がストーカー行為やセクハラ行為に到ればそれは病気と言えるかもしれません。しかし、人が人を好きになるのは当然の感情で、それは誰でも持っているものです。ところがその医者は、死に至る病ではありませんが、自分の患者が恋愛感情を持つと狂気に至ると信じ込んでいるのです。精神科医といえど、患者の心の自由に踏み込む権限などないのです。患者が抱える尊厳を踏み躙る医療などあってよいはずがないのです。わたしに言わせれば、その医者の精神の方こそよほど病気なのです。わたしは精神科医の精神病を指摘する薬剤師です。

31

これはわたしのよく知る精神科医とその患者との対立の話しです。コロナ禍で社会の誰もが孤独という深刻な病を強いられた時期がありましたな。患者もみんなと同様、あるいはそれ以上に孤独病で苦しんでいた。患者は訪問看護を利用しており、週一回訪問看護師と話しをするのを心のオアシスと感じていた。ところが訪問看護師は突然自分の美についての執念を語り始めた。「わたしは男でも女でも顔の美しい人が好きだ。会社の先輩女性の顔は美しい。わたしはあの顔が好きだ。俳優に人間とは思えない美しい顔をした人がいる。あの美に堪えきれずわたしは写真集を購入し、自分の心が癒された。アナウンサーに美しい女性がいる。わたしはあの顔も好きだ」患者は訪問看護師に質問した。「あなたはレズビアンなのか」訪問看護師は答えた。「わたしはレズビアンではない。ただ美しいものが好きなだけだ」患者にとっても美は大きな問題だった。それは患者が美しかったからではない、その逆醜かったためだ。患者は何度も訪問看護師に己れの顔の醜さの深い苦悩を伝えていたが、その解答はつねに「わたしは美しいものが好きだ」だった。そして訪問看護師自身、己れを「美」と定義する者だと知った。患者は独自の哲学を駆使しようと思った。患者の武器は法律の知識だった。己れの醜さに悩む者に、己れの美への信奉をひたすら説く医療の間違いを法律で証明してみせよう。患者はひとつの重大な決断をした。訪問看護師及びその管理責任者である訪問看護ステーションを裁判所に訴えたのだ。罪名は「傷害罪」前代未聞の裁判となるはずだった。しかし、その話しを患者から聞いた精神科医は、患者を理性を失った「統合失調症」と診断した。わたしは真実はその逆だったと思うのです。患者は理性を失っていたのではなく、理性がありすぎたのだと。考えてもごらんなさい。理性を失った人間の訴えなど裁判所が受理するはずがないのです。その後患者は孤独病がひどくなった。誰も自分の言うことを理解してくれない、自分を理解してくれる存在がほしい。患者は藁にも縋る思いで裁判所に訴えた訪問看護ステーションに連絡をした。緊急で利用したい、心が死ぬほど苦しいから誰かと話しがしたい。訪問看護ステーションは精神科医に相談をしたのでしょう。だが、精神科医ははねつけた。そんなのは矛盾だし、もっと言えば錯乱だ。いや狂気かもしれない。利用を認めたら訪問看護師の身が危険に晒される。ところが患者の頭の中では問題は明確に区別されていたのです。裁判所に訴えたのはあくまで法律の問題。これは裁判官が解決してくれるもの。一方、いま自分が抱えている心の苦しみは医療の問題。これは医療従事者が解決しなければならないもの。その後、患者と精神科医の激突が起こったのです。患者はいきなり激昂した。「苦しんでいる人間を目のまえにして手を差し伸べないでなにが医療従事者か」精神科医は冷徹に言い返した。「その医療従事者をあなたは裁判所に訴えているではないですか」患者はさらに激昂した。「救急車は訴えられていたら瀕死の病人でも放っておくのか。救急車なら助けるはずだ」精神科医は言い返した。「あなたは救急車を訴えておられないではないですか」それからもやりとりは続いたが、結局お互いがお互いに対立を深め、不信に到達するだけだったのです。精神科医は何度か患者に対して口にした言葉があります。「あなたは訪問看護を憎んでいる」患者にはその言葉の意味が理解できなかったし、理解した時には精神科医を怒鳴りつけていた。「それは患者に対する偏見だ！」それからも患者は「偏見だ！　偏見だ！　おまえの頭の中身はすべて偏見だ！」と訴え続けたというか怒鳴り続けたのです。精神科医は患者の中に「狂気」を見出し続け、患者は精神科医の中に「偏見」を見出し続けました。患者の怒りが限界を超えた時、患者は医者を殴りました。わたしに言わせれば、患者が理性をなくしたのはその瞬間だけであって、その瞬間以外はすべて理性に支配されていたのです。その後患者は誰に言われたわけでもなく裁判所に訴えを取り下げに出かけ、精神科医に勧められたとおり精神科病院に入院しました。患者は自分の足で精神科病院を訪れたのですよ。これはほんとうに病気の話しなのでしょうかな。わたしは患者はそのまま裁判を続けていればよかったのだと思う者です。精神科医が患者に見たものと、裁判官が患者に見るものとは異なっていたであろうと思うからです。そして患者の正義を証すのは裁判だけだったと思うし、それは精神科医の盲目な目には見つけられない正義だったでしょう。わたしはこの患者を殉教者とさえ思うのですけどね。

金閣寺

『金閣寺』は犯罪小説である。それは、この作品が金閣寺放火事件（昭和二十五年）を題材にしているからでもなければ、犯罪者の心理がよく描けているからでもない。現実の事件は三島に創作のヒントを与えただろうが、作品の内容とは異なるし、犯罪者の心理は三島独特のもので、このような犯罪心理は小説の中だけのものだ。この作品が犯罪小説なのは、作品全体が円錐形を眺めるように頂点をもち、他のすべてがただその頂点のみを目指して構成されているからだ。

その頂点とはこうである、――由良川の流れに沿って河口まで歩いてきた私が、裏日本の海を眼前にしたとき、心の中に突然残虐な想念が閃めいた、『金閣を焼かなければならぬ』

この作品は、《幼時から父は、私によく、金閣のことを語った》という一行から始まる。

僕は『ヨハネ伝』の冒頭を思い出す。

《太初に言あり、言は神と偕にあり、言は神なりき。この言は太初に神とともに在り、万の物これに由りて成り、成りたる物に一つとして文によらで成りたるはなし。文に生命あり、この生命は人の光なりき。光は暗黒に照る、而して暗黒は文を悟らざりき》

主人公の私にとって、人生の最初に訪れたものは「言葉」であり、——このことは実際の三島の人生と重なっている——、言葉は金閣の形をしていた。だから、初めに金閣があったともいえるのだが、この金閣は建築物としての金閣ではなく、あくまで言葉としての金閣、——夢想としての金閣である。

夢想が先なのだ、現実は後からやってくる。このことは私の身体的欠陥である吃音によってさらに強調され、宿命付けられる。彼にとって夢想は人生であり、成長の実質だったのであり、現実と係らないところに彼の人間としての特徴があった。人間はさまざまな現実との交渉をとおして自己を形成し、成長していくものだが、現実を欠いている彼は、自己を形成し、成長していくたびにますます現実を喪失していくのだ。

中村光夫が『金閣寺』について論じた文章の中で、《「金閣寺を焼くことは一体よいことかわるいことか」というような素朴な疑問が、この田舎育ちの青年の心を脅かさなかったとは信じられないことですが、作者はそうした心理の側面にはまったく目を閉じています》と書いているが、作者はそうした心理に目を閉じているのではなく、そうした心理が目に入らないのが当然であるように主人公を描いているのだ。

だいたい犯罪者に向かって、お前には常識がないとどやしても、暖簾に腕押しだろう。

《私の生れたのは、舞鶴から東北の、日本海へ突き出たうらさびしい岬である》これが二行目である。

告白が自分の出生からはじまるのはありふれたやり方だが、この作品では重要な意味をもっていると僕には思える。——あるいは重要な印象をもっているといったほうが正確かもしれない。主人公の出生地には彼のすべてがあり、同時に何もないのだ。それは金閣という言葉についても同様で、そこに彼のすべてがあり、同時にそこには何もないのだ。

それがすべてだから、それは重要なのだが、実際にはそれには実質がない。――この虚無から、不安から私は生まれ、それをなぞるように私は成長していく。

はたして暗黒時代に建立された金閣寺は足利義満が建てたのだろうか、私が建てたのだろうか?

吃音は私の人生を決定したというより、私の人生の特徴だが、《鮮度の落ちた現実、半ば腐臭を放つ現実》だけが私の手に入れることができた現実だったというのは私の宿命である。しかし実際に現実を腐敗させたのは彼の過剰な空想癖で、吃音によって腐敗した現実しか手に入れられなかったというのは彼独特の比喩なのだが、いずれにせよ現実という表世界に対して、彼は裏世界の住人として少年時代を過ごしていたのだ。彼自身現実に手が届かず、現実も彼に手を届かせることのできない場所に彼の生はあった。のちにそれは《理解されないということが、私の存在理由》という自負として語られるが、現実と己との間の距離の感覚は、彼を孤独にすると同時に特異な存在にした。

いつも周囲から彼は孤立していたが、彼には淋しいという感情はなかったのであり、ただ金閣だけがあった。作品にこういう表現は登場してこないが、彼は金閣のように孤立していた。彼の存在は金閣の擬態で、まだ見ぬ金閣は、まだ見ぬ彼の完璧な存在の形態ともいえた。


五月のある日、私が通う中学校に、中学の先輩の舞鶴海軍機関学校の一生徒が訪れる。それは《若い英雄》の訪問だった。

このとき私は礼儀正しく明るい世界に対して距離を置く。彼は聡明に自分というものを認識しているのだ。この世の中には《明るい世界》と、それとは異なる別の世界があり、彼は自分がその別の世界に属していることを知っている。明るい世界と別の世界とはお互いを侵犯しないように併存し、その領域にそれぞれにふさわしい人間を囲っている。あるいは明るい世界のことを普段ひとは生と呼び、多勢の人間がその世界に浸っていると信じているのかもしれない。この信仰は社会の安寧を維持するうえで不可欠で、常識にまで持ち上げられている。しかし、この世界の中ではすべてが相対的であるように、この世界自体も相対的なのだ。このときまで彼は明るい世界を憎悪していたわけではない、あくまで礼儀正しい少年だったのだ。だが、彼の中で何かが萌す。《目に見えるものがほしい。誰の目にも見えて、それが私の誇りとなるようなものがほしい》

逆説的ではあるが、彼は若い英雄が腰に吊っていた短剣の鞘の裏側に二三条の醜い切り傷を彫り込むのだ。

このあと、私は私の人生を決定する、一つの悲劇的な事件に遭遇する。《私はその事件を通じて、一挙にあらゆるものに直面した。人生に、官能に、裏切りに、憎しみと愛に、あらゆるものに》

村に有為子という名の美しい少女がいて、彼は彼女に憧れていた。それはまさに憧れていたのであって、恋をしていたのとは違う。彼は恋は不可能だから。

夜は昼に恋をすることはできない、なぜなら昼が存在するとき、夜は存在せず、夜が存在するとき、昼は存在しないから。有為子が存在するとき、彼は存在しない。彼女のまえではつねに彼は《石に化》す。どんなに有為子に憧れても、石から彼女に手を伸ばす手立てはない。ここで石とは無能者の別名であり、どんな行為も彼の中で可能性をもっていない。つまり恋は不可能であり、強姦さえ不可能なのだ。石に可能なのは、夢想に耽ることだけである。

自転車に乗った有為子のまえに飛び出した彼は、一個の無能者として立ち尽くすだけだ。そして石のように無視される。

彼は学習する、彼を取り囲んでいる世界は彼にとり無意味だということを。そのとき世界は実際に無意味なのではなく、世界は彼を取り囲みながら、彼にだけ自分の意味を明かそうとしてくれないのだが、これは彼が痛切に感じている疎外感の比喩であり、この世に夜として生まれてきた者の昼に対する嫉妬である。

《証人さえいなかったら、地上から恥は根絶されるであろう。他人はみんな証

人だ。……他人がみんな滅びなければならぬ。私が本当に太陽へ顔を向けられるためには、世界が滅びなければならぬ》

世界の破壊者の心理についてニーチェは書いている、彼はあるものを所有することができない、だから全世界には何ももたせたくない、全世界が滅びればよい、と。

世界の破壊者の心理の根底にあるのは「嫉妬」であり、彼は嫉妬に狂って理不尽に世界の破滅を願うのである。そして嫉妬の根拠となっているのが、世界の中で思いどおりに振る舞わせてもらえないという不自由感であり、世界の破滅は彼が自由を手に入れられないことに対する世界が支払うべき当然の代償なのだ。

私は己の《恥》のために、世界の破滅を願う。甚だ不釣り合いなことだが、私にとって私一個の存在の《恥》と世界の存在とは同格なのだ。

もちろん彼がほんとうに苛立っているのは、世界に対してではなく、己の無能に対してである。彼が無能な人間であるのは作品の最後まで変わることのない厳然とした事実なのだが、この時点で彼は、ひとを呪い殺すことができる己の能力に子供らしい信頼を寄せたりしている。彼は己の無能さに絶望して自殺するような人間ではなく、無能な己を誇大妄想狂的な自尊心で支えようとしている尊大な人物である。

有為子と私は対照的な世界に属する存在で、昼と夜のように峻別されている。彼は有為子を憧憬しているが、有為子にとっては彼は存在すら認められていない人物である。彼は両者の対立を次のように説明する、《私は自分の顔を、世界から拒まれた顔だと思っている》。しかるに有為子の顔は世界を拒んでいた》。彼は最初から与えられてもいなければ、求めても与えられない貧しい存在だが、有為子は最初から与えられており、求めれば与えられるはずでありながら自ら拒んでいる贅沢な存在なのだ。

彼が有為子を憧憬しているのは、その美しさのためというより、その存在の贅沢さのためだ。換言すれば、贅沢な存在のしかたが彼には限りなく美しく思えるのである。彼は彼であるかぎり有為子の存在は夢でしかないはずだったが、思わぬかたちで夢は現実性を帯びて彼の手許にまで近づいてくる。そのきっかけを与えてくれたのが彼のいう《われわれの村で起った悲劇的な事件》であり、この事件で彼はあらゆるものに直面すると同時に、美はなぜ美しいかということを学ぶのである。

頑に夜を拒んでいた昼が、太陽を裏切って夜に身を委ねること、つまり、男のために沈黙を貫き世界を敵に回していたかに見えた有為子が、男を裏切って世界に従う者になること、——この裏切り、瓦解、絶対が絶対でなくなることこそ美をいっそう美しくさせ、官能的にさせるのだ。

美はそれだけでは単に美しいにすぎないが、美が自ら己の美しさを裏切り、瓦解にまで到るとき、それはもの狂おしいまでに美しいものとなるのだ。

私は独白する、《『裏切ることによって、とうとう彼女は、俺をも受け容れたんだ。彼女は今こそ俺のものなんだ』》

ここに無能な人間である彼の、彼独特の世界の手に入れ方が暗示されている。つまり、彼が無能な人間である彼のまま、世界のほうで勝手に彼の手の内に転がり込んでくるのである。

しかし、そのためには奇跡が起ることが必須の条件となることに注意する必要がある。

《私が人生で最初にぶつかった難問は、美ということだったと言っても過言ではない。父は田舎の素朴な僧侶で、語彙も乏しく、ただ「金閣ほど美しいものは此世にない」と私に教えた。私には自分の未知のところに、すでに美というものが存在しているという考えに、不満と焦燥を覚えずにはいられなかった。美がたしかにそこに存在しているならば、私という存在は、美から疎外されたものなのだ》

私は自分を《美から疎外されたもの》という。この疎外されているという意識あるいは感情が、私という人間の根本を形成しているのであって、――吃音という身体的特徴はそれを助長しているのだが――、彼は孤独に悩んでもいなければ、淋しさに苛まれてもいない。彼は疎外された自己に忠実であろうとして、成長を重ねるのだ。けっして世界の核心に触れることのない自分として、――また触れることを許されていない自分として――、彼は人生を世界の核心をきれいに抜き取った状態で生きる。他者がつねに世界の核心を意識し、それに触れながら、人生の意義を感じて生きている傍らで、彼は科学者のような細心の注意を払って、己の人生が世界の核心に感染しないように生き、人生の無意義を確信しているのだ。

喩えていうなら、他者がリンゴの果皮を剝いて果肉を食べているときに、彼はリンゴの果皮を眺めて、これこそリンゴをリンゴたらしめていた本質だったのだと考えるのだ。そのとき「リンゴのおいしさ」は無意味となる。

なぜ彼は美に惹かれるのか。――美から疎外されているから、美は彼にとって痛切な憧れであり、実質をそなえたものとして意識されているのだ。つまり、美に到達していないからこそ彼にとって美は美しいのだ。

やがて彼は生まれてはじめて金閣を目にする旅に出る。

《その旅は物悲しかった》という書き出しではじまる古里から京都への、醜い父子の汽車での旅の場面は、全編中、僕にもっとも鮮やかな印象を与える。

硫酸銅のような群青色をした保津峡をわきに、煤煙をあげて突き進む汽車に乗っているのは、死を間近にした僧侶の父と、その死を冷徹に眺めている少年なのだが、二人は死そのものと、それに寄り添う死の影に見える。

残酷なのは死よりも死の影のほうではないだろうか？　死の影は死に寄り添うことでよりいっそう己の存在を明確にし、死について想念をふくらませているのだ。死には考える力もなければ、握り飯一つを食べる力もない。死の影は、死のそばで、生よりも遥かに残酷さにおいて力強く、夢を見る力で想像力に溢れている。

この少年、――この異様な想念におでこをふくらませた怪物は、永らく夢であった金閣に近づいているのだが、金閣に近づけば近づくほど彼の醜さは増してゆくように思われる。

私にとって金閣は絶対であり、世界そのものであり、この世における唯一の現実なのだが、それを夢見る彼自身には現実性というものがいっさい欠けている。それが彼の醜さの正体ではないのだろうか――

とうとう私ははじめて金閣を目にするのだが、金閣を眼の当たりにした私は、《何の感動も起らなかった。それは古い黒ずんだ小っぽけな三階建にすぎなかった。頂きの鳳凰も、鴉がとまっているようにしか見えなかった。美しいどころか、不調和な落着かない感じをさえ受けた》のである。

このとき、なぜ彼は金閣を美しいと感じられなかったのか。それは彼が金閣を客観的な目で眺めたからである。美は、客観的に眺めれば《美しくもなく愉快でもないもの》だ。美が抗し難い魅力をもつのは、美に対して彼が個人的な体験をした場合であり、そのとき美は彼を捉え、彼は美を捉える。

まだ彼は夢想の金閣の虜囚であっても、現実の金閣の虜囚でありえていない。つまり、まだ彼は完全には金閣を所有していないのである。

しかし、京都から離れると彼の中で金閣は美しさを取り戻す。それは《見る前よりももっと美しい金閣》なのだが、金閣を見る以前、彼は美を確信しようと金閣を追いかけていた、だが、いまでは彼は金閣の立場から美を確信できるようになったのだ。

山のあなたの金閣は美と呼ばれる幻なのではない、美そのものだ（美は、ひとが考えるほど美しくないものだとしても）。彼は断言する、《「地上でもっとも美しいものは金閣だと、お父さんが言われたのは本当です」》

――世界でもっとも美しいものは金閣だと私が確信するに到ったとき、世界でもっとも美しいものは金閣だと譫言を言い続けていた彼の父親は夥しい喀血をして死んでしまう。

父親の譫言は息子の信念として生まれ変わったのだ。

私は独白する、《自分の少年時代に、まるきり人間的関心ともいうべきものの、欠けていたことに私は愕くのである》

少年時代、彼はけっして己の存在の表面で生きたことがなかった、つまり彼はいつも己に隠れるようにして生きてきたのだ。己が他者と交わるとき、表面だけ残して彼はもっとも深く自分自身に隠れる、彼にとって己の存在は生と繫がってもいなければ、生を得るための手段でもなかった。世界に拒絶されていた己の存在は、同時に彼自身にも拒絶されていた。彼の生は存在の深淵にのみ存在したのだ。

己の存在に対してさえ遠い距離を感じていた彼にとって、どうして物質と呼ばれるものが近くに存在し得たろう。五月の花々、太陽、机、校舎、鉛筆、……目に見えるものは、目に見えるそのことによってすべて遠いのだ。目に見えないものだけが彼には近しくて、手に触れ得る可能性をもっている。

死に顔は生きている顔と輪郭においてなんら変わりはない、ただ、死が人間を物質に近づけるとき、死に顔は顔の表面だけを残して存在の深淵へと落ち込んでいってしまう。人間はより深いところでしか死ぬことができないものだ。屍に死はないのである。

人間を存在しているものとして見るかぎり、彼には人間的関心というものは起こり得ない。

昭和十九年。戦争末期の晩夏の静かな光の中に佇む金閣に向かって私は心の中でそっと呟く、――
《『金閣よ。やっとあなたのそばへ来て住むようになったよ』……『今すぐでなくてもいいから、いつかは私に親しみを示し、私にあなたの秘密を打明けてくれ。あなたの美しさは、もう少しのところではっきり見えそうでいて、まだ見えぬ。私の心象の金閣よりも、本物のほうがはっきり美しく見えるようにしてくれ。又もし、あなたが地上で比べるものがないほど美しいなら、何故それほど美しいのか、何故美しくあらねばならないのかを語ってくれ』》
　彼は金閣に向かって、というより、金閣という一つの宿命に向かって呟いているように見える。醜い人間、そして世界に拒絶された存在という宿命を負った私が、地上で比べるものがないほど美しいという宿命を負った金閣と相対し、その美しさの意味を問いかけているのだ。
　醜い人間である私が、ぜひとも醜くなければならない宿命を抱えて生きているように、――彼にとって己の生と醜いということとは同じであり、また同じでなければならないのだ――、金閣の内には自身がぜひとも美しくなければならない宿命が存在するのにちがいないのだ。

美は愛情からしか生まれてこない、つまり、僕にとって美は、僕の愛情と切り離して考えることができない。美が僕を幸せにするのも、僕を苦しめるのも、すべて僕の愛情が舞台となっており、愛情という舞台から降りたところには、美に関するいかなる幸せも苦しみもない。

ところが『金閣寺』の主人公にとっては、美は彼の外部に存在する。それは彼の愛情とは関係なく彼を幸せにしたり、悩ませたりするのであって、そういう意味で彼は美に疎外されている。あるいは彼は己の愛情に疎外されているといえるかもしれない、彼にとって愛情は己の内部にあるのではなく外部にある。彼は己の外部に愛情を捜さなければ、何者も愛することができないような青年だ。愛情ほど彼から遠いものはない。有為子は彼の愛情の対象ではなかった、彼が有為子を見つめるとき、彼は有為子に対する己の愛情を見つめていたのだ。彼の愛情の内容は、彼自身よりも彼の対象のほうがよく知っていて、彼は対象の反応によって、己の愛情の内容を知るのである。

彼にとって美はあるたしかな存在であり、——つまり金閣であり——、つねに彼から独立した存在なのだ。いつでも美は、山のように彼の外部に屹立していて、彼がそれを眺めていなくても、それは彼とは関係なしに存在している。

彼とは関係なく存在している美——そこに彼の狂気の理由があるのであり、美を焼くという行為も成立するのだ。

やがて戦況は〈帝都空襲不可避か?〉という局面にまで到り、金閣寺が建つ京都も戦火に包まれるという予感が漂いはじめる。金剛不壊の金閣と空襲の猛火とが出会うときが訪れようとしているのだ。もちろんそのときに勝利するのは現代化学がつくりだした火のほうである。
《やがて金閣は、空襲の火に焼き亡ぼされるかもしれぬ。このまま行けば、金閣が灰になることは確実なのだ。……こういう考えが私の裡に生れてから、金閣は再びその悲劇的な美しさを増した》

破滅を愛することができるのは醜い人間の特権である。醜さとは世界に存在することに対する引け目であり、それは存在すれば存在するほど苦痛なのだ。

この苦痛が自己を滅ぼそうとし、世界に対する憎悪を生むのであり、これを同時に成就させるものとして破滅は夢見られることとなる。

私にとって金閣寺の美しさとは世界を拒絶する美しさであり、この美の特質は有為子から学んだものである。あるいは孤独とは存在の貧しさの異名かもしれないが、それは世界に己の存在を拒まれている場合であり、逆に己のほうから世界を拒絶する場合、その存在はその倨傲ゆえに贅沢となる。

そういう贅沢こそ彼には羨望の対象なのだが、金閣が灰になると予感したとき、羨望はエロティシズムの根拠となる。絶対が絶対でなくなること、――つまり神の死ほど悲劇的でエロティックなことはないからだ。

戦争は不朽を毀ち、永遠を儚くする。そのとき世界はゆくりなくも対立を解消し、《調和》しているのだ。生と死は共通であり、一瞬と永遠は共通であり、石と人間は共通なのだ。世界全体は破局という大団円のために用意された舞台となり、みな悲劇役者としていま・ここで生きているのだ。

《美と私とを結ぶ媒立が見つかったのだ》と私は思う。

《もともと私は暗黒の思想にとらわれていたのではなかった。私の関心、私に与えられた難問は美だけである筈だった。しかし戦争が私に作用して、暗黒の思想を抱かせたなどと思うまい。美ということだけを思いつめると、人間はこの世で最も暗黒な思想にしらずしらずぶつかるのである。人間は多分そういう風に出来ているのである》

美とは世界を超越した価値であり、したがって世界を規定するものは美を規定することはできない。美は美を見るものに世界を忘れさせるという意味で狂気を与える。金閣に捉えられた私は、いかに世間の通念に捉えられず生きていることか。つねに彼は孤独だが、その孤独は現実の世界とはまったく異なった世界である。彼の生は金閣だけを理由としていて、金閣から離れたところでは彼はまったく無力であり、無能である。つまり、金閣と係ればば係るだけ彼は太陽と係るのを止めるのであり、その孤独は闇の深さのように深いのだ。

狂気は病気なのではない、狂気には独自の健康があるのだ。しかし、狂人の健康というものをひとは信じない。ひとが信じもせず、見向きもしないところで狂人は自分の健康を生きている。狂人は健康であればあるほど病気と診断される。

『金閣寺』の私は、狂人の健康を生きているのであり、孤独は彼が唯一健康でいられる場所である。

　戦争末期の五月のよく晴れた日、私と鶴川とは連れ立って南禅寺に散策に出掛けるのだが、そこで二人は信じ難い光景を目撃する。それは南禅寺の楼上から見た光景なのだが、眼下の道を隔てた天授庵で、出陣前の士官とその子を孕んだ美女とが執り行っていた不思議で、妖しい別れの儀式だった。

　その美しい女性を私は《よみがえった有為子》だと思う。しかし、このとき彼が有為子の幻影をひきずっていたと考えるのは間違いだろう。いつでも彼はこちら側の人間なのだ、有為子はあちら側の人間で。いつでも彼の手が届かないところに有為子はいて、それゆえ彼女は美であり官能なのだ。だから彼にとって有為子は最初から存在しないともいえて、彼と有為子との間には絶対到達不可能な距離だけが存在する。

ないものは確かに存在して、あるものはどこにも存在しない、――これが私の公式である。

僕は、私の人生でもっとも決定的だったのは、金閣ではなく有為子だったと考える。もし、あの時、有為子が自分自身を裏切り、世界の内側へと身を投じていなければ、彼の金閣寺を焼くという犯罪はなかっただろう。あの時、彼が官能とは何かという定義を学んでいなければ、――

――戦争がおわった。

それは私にとって夢想による幸福の時代のおわりでもあり、厳然たる現実の始まりでもあった（このことは実際の三島の人生とも重なっている）。

戦争とは、彼にとって歴史的事実ではない。――つまり彼が戦っていた戦争は「太平洋戦争」という名前ではない――。彼は戦争の直中にありながら、戦争とは無縁だったということができ、それゆえ戦争をすることはよいことかわるいことかという問題もない。広島と長崎とに原爆を落とされたことに対する民族的悲哀が、どうして彼の胸の中に湧き起こり得よう、彼はそうした破局こそ渇望していたのである！

あくまで戦争とは彼にとって個人的体験だったのであり、エロティシズムのためのもっとも有効な道具といえた。生き延びることではなく、死ぬことこそ彼の課題だった。

戦争がおわって待っていたのは平和という名の希望ではなかった、平和という名の長い長い時間、——ニヒリズムだった。苦しいのは戦争で死ぬことではない、戦争がおわって生きなければならないことだ。

《私にとって、敗戦が何であったかを言っておかなくてはならない。

それは解放ではなかった。断じて解放ではなかった。不変のもの、永遠なもの、日常のなかに融《と》け込んでいる仏教的な時間の復活に他ならなかった》

戦争の間、金閣と私とは同じ世界に属していた。世界を拒絶する美しい金閣と世界に拒絶された醜い私とは、異なる宿命をかかえて生きながら、同じ破局を用意されているはずだった。言うなれば異なる道を歩く者が落ち合う場所があったのだ。しかし、戦争のおわりは金閣を金閣のいる場所に戻し、私を私のいる場所に戻した。

戦争とともに湧き上がった夢想は、水泡に帰したが、同時に金閣は絶対的な美しさを取り戻した。世界を拒絶する金閣は、私の夢想を拒絶する金閣、私の存在を拒絶する金閣で、世界からも私からも完全に独立し、己の存在で充たされていた。《森の燃える緑の前に置かれた、巨大な空っぽの飾り棚。この棚の寸法に叶う置物は、途方もない巨きな香炉とか、途方もない厖大な虚無とか、そういうものしかなかった筈だ。金閣はそれらをきれいに喪い、実質を忽ち洗い去って、ふしぎに空虚な形をそこに築いていた。もっと異様なことには、金閣が折々に示した美のうちでも、この日ほど美しく見えたことはなかったのである》

このとき彼自身は自覚していないが、彼は金閣の美を憧憬の対象としてではなく、憎悪の対象として眺めているのだ。どうして愛情よりも憎悪のほうが対象をよりいっそう美しいものとして眺めないといえよう。増悪の目に映る美ほど美しいものはなく、美に対する正しい認識はないのだ。

憎悪は美に対するもっとも正確な愛情である。

戦争がおわったという事態を、——太平洋戦争がおわったという事態ではなくて——、私は正確に洞察していた。キルケゴールに倣って彼はいうことができただろう、《現代は本質的に分別の時代であり、情熱のない時代である》。戦争のおわりは《革命時代》のおわりで、失われたのは戦捷である以上に、情熱の根拠となるべき《イデーに対する一致団結した関係》だ。革命時代の性格についてキルケゴールは『現代の批判』という論文の中で述べている、個人々々が本質的な情熱をもって共通のイデーに向かって闘っているとき、一人々々は自己の独立した個性を守りつつ、イデーにおいて精神的に結合していて一つである、イデーに向けられた精神的高揚は個人をますます個人にさせると同時に、個人に纏わる些事から離れさせると。いわばみんなが峰を登っていて、それぞれ登ってゆく道は異なるけれど、目指している頂は同じという状態なのだ。しかし、戦争がおわり、みんなが目指している共通の頂というものはなくなった。みんなは目指す場所を共通の頂から己の頂に変更して登攀をはじめたのである。例えば、これから俺は闇屋になるのだといってトラック一杯分の物資を自分の家へもちかえった工場の指導者の士官のように。

このとき私が胸の奥でひそかにこのように誓ったことはある意味戦争直後の必然ともいえよう、《『世間の人たちが、生活と行動で悪を味わうなら、私は内界の悪に、できるだけ深く沈んでやろう』》

《革命時代は本質的に情熱的である、したがってそこには作法の概念がある》（キルケゴール）

したがって《情熱を取り去れば、作法も消え去る》戦争という革命時代が過ぎ去って、逆に人々の生活と行動には悪が訪れた。それは分別から生まれた悪である。生きるためには悪を行わなければならず、空虚となった生を充実させるためには欲望に惑溺しなければならない、——戦争ですべてを失った者の、虚無の上に立つ理屈である。

戦後最初の冬のある雪晴れの日、金閣寺の境内で、私は米兵に強制されて外国人兵相手の娼婦の妊娠している腹を踏む。《私は踏んだ。最初に踏んだときの異和感は、二度目には迸る喜びに変っていた》

――その晩、女は流産した。

彼は知った、悪を欣ぶ自分を、またその行為がいかに輝きに充ちていて素晴らしいものかを。彼を特徴づけているのは現実に疎外されているという感覚であり、己が無能者であるということだが、このとき彼は動物の子供が餌のつかまえ方を学ぶように、現実の手に入れ方を学んだのだ。雪が屹ることなく降るように、彼の内にも屹ることなく行為として現実に生み落とされるものがあり、それは腐臭を放ってはいないのだ。

《悪が可能か?》と彼は自分自身に問うているが、どうしてこの問いを子供らしいと笑えよう。跛の人間にとって歩くことは可能かという問いはいつも重大だし、人見知りな人にとって他人と話をすることは可能かという問いはいつも深刻だ。

《悪が可能か？》——それは無能な人間である私に行為が可能かという自問なのだ。つねに現実のまえで石と化し、石と化すたびに現実を喪失してしまう彼にとって、吃音が目のまえの言葉を憧憬するように、行為は憧憬なのだ。いつも彼は行為の一歩手前で立ちどまってしまう、御蔭で彼は異様な夢想家となった。だが、夢想家の彼はけっしてロマンチストではない。彼は屈折した夢想家であり、——そのことはかつて彼が五月の陽光の中で中学の先輩の美しい短剣の黒い鞘の裏側に、ナイフで醜い切り傷をつけた悪戯に象徴されている——、当然彼が憧憬する行為も屈折したものだ。

彼の中では悪だけが行為として可能性をもっているのだ。何者も、また何物も愛することができない彼にとって、——美さえ彼の愛情とは無縁に存在しているのであり、美は彼の内面の外側に屹立している——、愛情が行為と化すことはありえない。疎外されていると感じている彼にとって愛情とは敗北なのだ。

私が行った悪を、鶴川も善へと、明るいものへと翻訳してくれなかった。こうして悪は彼の原語としてそのまま彼に巣くい、彼に固有のものとなった。他人に理解されなければされないほどそれは彼らしいのであり、彼が彼であるほど悪は必然なのだ。この故郷を背景にした仄暗い精神は、思想であれ行為であれ暗黒であることの欣びを悟ってゆく。ひとが光を求めるように、彼は暗黒を求めるのであり、暗黒から生まれた彼は暗黒を求めて飛び立つ羽蟻なのだ。羽蟻と彼とが違うのは、彼は彼を殺すものがなんなのかよく知っているという点だ。

戦争がおわって彼には希望が与えられたわけでも絶望が与えられたわけでもなかった。ただ誰もが生きてゆく準備をはじめなければならなかったとき、明るい方角に向かって進んでゆくことが彼には信じられなかったのである。

どうして、《昭和十九年の戦争末期に置かれたふしぎにしんとした夏休み、……私にはそれが、最後の、絶対的な休暇だった》時間に戻ることが生といえたろう！　ひとは同じ時間を二度生きることは許されていないのである。あの頃に戻るくらいなら、彼は自殺することを択んだろう。

彼は大学に進学する。《大谷大学。ここは私が生涯ではじめて思想に、それも私の勝手に選んだ思想に親しみ、私の人生の曲り角となった場所である》

ここで彼は、かなり強度の内翻足である柏木という名の青年に会う。柏木は厭人的で、友達がおらず、その不具ゆえに日常性というものをまったく欠いている男だった。

彼は親しみの気持ちをもって——同じ不具者であるという安心をもって——柏木に接するのだが、実際の柏木はどんな親しみの気持ちからも遠いところに存在していた。

《彼の蒼《あお》ざめた顔には、一種険しい美しさがあった。肉体上の不具者は美貌《びぼう》の女と同じ不敵な美しさを持っている。不具者も、美貌の女も、見られることに疲れて、見られる存在であることに飽き果てて、追いつめられて、存在そのものので見返している。見たほうが勝なのだ。……私には彼の目が自分のまわりの

世界を見尽していることが感じられた》

柏木が語る思想は難解にきこえるが、その内容はさして難解でも独特でもない。悪魔的な人間が悪魔的な語り方をしているだけだ、この柏木という悪魔はじつは常識的な論理的思考をもった男で、仮面を脱げば誰よりも常識家だ。――ほんとうに悪魔なのは私のほうであって。

私と同じように、柏木の人生存在としての原点には不具がある、――つまり、「内翻足」が。吃音なしに私がありえないように、内翻足なしに柏木はありえない。しかし、柏木のような男にとっても己の不具は恥であり、引け目だったのだ。《そうだ。俺は自分の存在の条件について恥じていた。その条件と和解して、仲良く暮すことは敗北だと思った》

自分は内翻足をかかえた自分を愛せない、したがって《俺は絶対に女から愛されないことを信じていた》彼にとって内翻足の自分が女から愛されることは、愛されないこと以上に屈辱だった。絶対に愛されないということが、絶対的な自己証明だったからであり、もし彼が自分は愛され得ると信じるなら、彼は自己証明を断念したことになる。世界の中で自分が自分であるために彼は誰からも愛されてはならなかった。

彼は自分の内翻足のために、——引け目のために——、却って世界の中で己の存在が独自であることを主張する。どうして傴僂《せむし》の人間に自分は傴僂であるという誇りがないといえよう！　自分は不具であるということは自分は特別であるということだ。不具者にとってほんとうに屈辱的なのは等し並みに扱われないことではなく、等し並みに扱われることなのだ。

《俺の条件の全的な是認のためには、並の人間より数倍贅沢な仕組が要る筈だった。人生はどうしてもそういう風に出来ていなければならぬ、と俺は思った》

不具は、不具を持つ人間を世界と対立させる。なんといってもこの世界は健常者のためにつくられた世界であり、いつでも不具者は己の不具を呪うことによって不具者なのだ。こうして不具者はいつか己の不具が癒されることを夢見る夢想家となる。不具者は世界の中に存在しながら、充分に世界に存在していない存在であり、その落差をいつも夢想で穴埋めしなければならない存在である。

しかし、柏木は《変化を夢みる夢想を俺は憎み、とてつもない夢想ぎらいになった》この世界では夢見たほうが負けなのだ。夢を見るということは世界からの逃避——もしくは自分自身からの逃避——であり、夢を見なければ生きられないという生の弱さの現れである。夢を拒絶することは想像力の欠如ではないのだ、ありあまる現実に対する認識であり、ニーチェのいう運命愛に通じる道なのだ。かくして彼は世界と自分との《対立状態の解消でなく、対立状態の全的な是認》を選択するのだ。

ところが、彼の身の上に、まったく意想外な事態が勃発する。この上なく裕福で、この上ない美貌をもった娘が、彼のことを愛していると打ち明けてきたのである。彼女は自分は美しいと己惚れていて、己惚れが激しければ激しいほど、彼女には自分に見合う男はこの世に存在しなくなるのだ。したがって彼女が自尊心を壊さないでいるためには、一生を独身で過ごすか、自分とまったく見合わない男と結婚するしかない。そこで柏木が選ばれたのである。

彼は彼女に対して、「愛していない」と返答する。絶対に愛されないというのが彼の自尊心なのであり、愛されるということは彼をひどく傷つけるから。こうしてもっとも美しい女がもっとも醜い男に求愛をし、もっとも醜い男がもっとも美しい女の求愛を撥除けるという奇怪な図が生まれる。とうとう彼女が彼のまえに身を投げだすに到ったとき、彼にとっても思いも寄らない事実が判明する。――彼は不能だったのだ。彼女の求愛も終わる。

彼は欲望を遂行することによって、――愛と懸け離れた行為をすることによって――、彼女に対する愛の不在を証明するはずだった。しかし、肉体は彼を裏切り、――肉体は自分が内翻足であることをひそかに恥じていたのだ――、彼に恥をかかせた。肉体は精神が考えるより遥かに精神的だったのであり、精神よりも欲望をもっておらず、愛を夢に見る存在だった。《欲望というものはもっと明晰なものだと信じていた》と彼はいっているが、このとき彼は夢想ぎらいの自分がいかに夢想に支配され、夢を見なければ何事も為し得ないかを知ったのである。

このときから彼は肉体に邪魔されない己の存在そのものとなることを考える

ようになる。それには「内翻足」になりきることだ。己は内翻足であり、内翻足は己なのだ。こうして彼は、《俺がこうして存在していることは、太陽や地球や、美しい鳥や、醜い鰐の存在しているのと同じほど確かなことである》という確信を得る。

――かくて、柏木に不安はないのだ。

自分は内翻足をかかえて存在しているということは不安だが、内翻足そのものには不安はないのだ。内翻足をかかえている自分は、内翻足をかかえていない自分を夢見ることによって不安に陥るものだが、内翻足そのものは石や樹のようにあるがままに存在し、石や樹のように不安をかかえていない。

柏木と六十歳の老女との奇妙な性交の顚末は、ひとえに彼の「あるがまま」という認識から生じたもので、ある意味異常な事件というより、常識に支配された営為といえる。

柏木は柏木である以前に男であり、男である以前に人間であり、人間である以前に一個の肉体なのだ。事情は老女についても同じである。性の営為を「あるがまま」の立場から眺めるなら、それは肉体と肉体との交渉にすぎないのであり、肉体が何物も夢に見ないなら、柏木と老女との性交も、柏木と絶世の美女との性交も差異はない。つまり、肉体が肉体というあるがままの状態にとどまるかぎり、この世のあらゆる性の営為は同じだといえるのだ。

彼はいう、《そして問題は、俺と対象との間の距離をいかにちぢめるかということにはなくて、対象を対象たらしめるために、いかに距離を保つかということにあるのを知った。……俺は見ると同時に、隈なく見られていなければならぬ。俺の内翻足と、俺の女とは、そのとき世界の外に投げ出されている。内翻足も、女も、俺から同じ距離を保っている。実相はそちらにあり、欲望は仮象にすぎぬ。そして見る俺は、仮象の中へ無限に顚落しながら、見られる実相にむかって射精するのだ》

このとき彼は、認識と行為の問題について語っているのだ。隈無く認識してしまえば行為は不要であり、認識にとって行為とはいつでも蛇足なのだ。《行動するには、なんと多くのことを知らずにいる必要があることか》とヴァレリイもいっているとおり、行為は認識の不足から生じるものなのだ。

実際に柏木と老女との間に性交があったかどうかは定かではない。行為はな

ん ら絶頂ではなく、認識こそ絶頂だからだ。《対象を対象たらしめる》ことで認識は終わるのだが、愛とは対象を充分に認識していないときにだけ起きる現象であり、完全な認識者にとって愛は不可能である。それは彼が、《俺がそれ以来、安心して、「愛はありえない」と信ずるようになったことは、君にもわかるだろう》というとおりである。多くのひとの愛についての誤解が、夢を見ることを現実と思わせ、不確かであることを希望といわせるのだ。それは《ありのまま》を《ありのまま》として認識できない者の迷蒙であり、弱さである。大まかにいえば柏木の思想は唯物論者のそれであり、精神主義の否定なのだ。

《柏木は私に私の恥の在処をはっきりと知らせた。同時に私を人生へ促したのである》

私と柏木との出会いは、《私が本当に太陽へ顔を向けられるためには、世界が滅びなければならぬ》人間と、《ありのままの俺が愛されないという考えと、世界とは共存し得る》と考える人間との出会いであり、それは世界に拒絶された人間と己を世界と並置する倨傲な人間との出会いである。まさにいままでの私に欠如していたものは柏木がもつこの倨傲、——世界の内側に住まいながら、己の存在を世界と切り離して世界を認識しようとする科学者の理性と似た倨傲だった。私は柏木に、倨傲であることを唆されたのであり、——それは《「吃れ！　吃れ！」》という柏木の叱咤に象徴されている——、世界はありのままで己の存在の醜さを許容し得るのだ。私が己の存在の醜さを許容できないので、逆に醜さの保証人である世界に滅んでもらいたかっただけで。

しかし、彼の存在が現実性を帯びてくればくるほど、金閣は、——あるいは美の観念は——、彼にとって剰余の性格を帯びてくる。なぜなら、美に疎外されているから美を美しいと感じてきた彼にとって、己が疎外という条件を失うなら、美もまた失われるはずだからである。美によって自由に己を喪失することができた彼は、己の存在の確かさを得ることで、こんどは美を喪失しなければならなくなったのだ。

《一方の手の指で永遠に触れ、一方の手の指で人生に触れることは不可能であ

る》

私は私を喪失することで永遠の時間を知るのだが、永遠の時間を失うことなく私の存在を存在させることは不可能なのだ。永遠が陶酔の形式であり、私の存在が私という人間の自覚にあるならば。

人間は夢を見ながら生きることはできない。夢を見ているとき私は失われており、私が生きているとき夢は失われていなければならない。

若者の肉体は成長とともに陰毛を生むが、陰毛を成長の象徴と捉えるとき、若者は獲得の悦びとともに、確実に自分から失われつつあるものの悲しみに囚われる。かりに失いつつあるものが純潔だとして、どうして純潔を憎悪しないで生えてきた陰毛を直視することができようか？

生とは何を措いても行為である。前進し、獲得し、推移し、喪失する機能をかかえた行為である。吃音によって行為から疎外されていた私は、――彼は自ら行為を自分に禁じていたのである――、柏木から《裏側から人生に達する暗い抜け道》を暗示される。それは端的に、認識することなのだが、柏木の生は、生によく似た生ともいえて、彼が獲得している生は作り物の生である。だから私は思うのだ、——『私の人生が柏木のようなものだったら、どうかお護り下さい。私にはとても耐えきれそうもないから』——。

　私の求める生は、より直接的で、明るいものだ。例えば、それは目の前にいる娘なのだが、私が生を望むとき、金閣の観念が、即ち美が、即ち永遠が、阻むのである。それを私は、《永遠に化身した瞬間は、……瞬間に化身した永遠の姿に比べれば、物の数でもない》と表現しているが。

　こうして、私にとって、生は、行為は不可能となる。もちろんこれは一個の宿命かもしれないが、私の、私自身に対する哲学的な云い訳である。

　この云い訳なしに生きられない私こそ宿命と呼ぶべきかもしれない。いったいその人の宿命とは、その人のコンプレックスでないと誰に言えよう。私の場合、そのコンプレックスは一つの物語になるほど壮大だったというだけで。しかし、そういう意地悪な見方は私に対して失礼なのだろう。読者は、私が語る、私の宿命に忠実であるべきだ。卑屈ではあるにしろ、私という青年は誠実に自分自身を語り尽くそうとしているのだから。私の誠実さは、疑いようがない。それは、奇怪な哲学を語る柏木にしてもだ。ある意味、『金閣寺』が私小説だというのも正しい。

鶴川が死んだ。

昼の死によって、夜である私が残された。それはけっして昼を迎えない夜の始まり、いつまでも続く暗闇の始まりだった。孤独とはそういうものである。

親友を失う以上に、私は孤独を得たのだ。

《何よりも嫉《ねた》ましかったのは、彼は私のような独自性、あるいは独自の使命を担《にな》っているという意識を、毫《ごう》も持たずに生き了《おお》せたことであった》確かに私のように、人生を《独自の使命を担っているという意識》に支配されている人間は珍しい。そういう人生は普通の人生にはないが、独特な人生にはあるのである。例えば芸術家の人生、犯罪者の人生である。彼等は、独特の人生を生きることで自分であり、それが生甲斐であり、存在理由なのだ。彼等にしか生きられない生を持っているという理由で、ある意味彼等は幸せである。

平凡な生が幸福か、独特な生が幸福か、それは初期トオマス・マンが問題にしたことでもあった。

私は、平凡な生に拒絶され、疎外された人間であって、否が応でも独特な生を強いられた人間だ。私の存在はこの世界の剰余かもしれないが、同時に深淵でもある。

だからこういえる、鶴川のような平凡な人間が若くして死んだのは、私が存在していたからだし、また私が存在するためだ。闇を残して明るい世界は死ぬものなのだ。残るのはいつでも闇であり、けっしてその逆ではない。

孤独とはかならずしも疎外された状態ではなく、むしろ独自の状態をいう。疎外されることによる不自由よりも、独自であることの自由が孤独である。したがって孤独な人間が不幸であるというのは誤りであり、彼には個性と自由がある。私はいう、《私は虚無とさえ、連帯感を持っていなかった》

私における、自分は独自であるという認識が、子供が親を憎むように、彼と金閣とを対立させる感情を生む。金閣の庇護の下に生を生きてきた私が、自分の生を取り戻す過程ともいえる。彼が彼自身の生を生きようと意欲すればするほど、彼の生にとって金閣は剰余と映る。美は剰余なのだ。彼は己の生を愛することを覚えた青年である。

世界からの疎外が私を孤独にしたのだった。しかし、その孤独が私を独自にした。彼は芸術家ではなかったが、《独自の使命》を生きる者であり、最後に彼がそのことの証明に迫られて犯罪に及んだとしても、道徳的問題はあったとしても、論理的にはなんら問題はない。大切なのは、論理的に問題がないということであり、論理的必然は倫理を超越するのである。

人間が倫理に縛られるかぎり、芸術家の論理も犯罪者の論理も永遠に理解されることがない。彼らはいつも独自の使命からはじめる存在であり、それは自分勝手ではあるが、誠実に貫かれている。彼等の誠実は、他者の目からは狂気と映るが、狂気にしか見えない誠実というものを彼等は信じているのであり、それはもっとも純粋な意味での信仰だ。信仰は徹底すれば狂気なのであり、狂気に到らない信仰は弱いものでしかない。芸術も犯罪もある個性の到達した信仰の告白であり、強さの証明なのだ。

内翻足であることが、寸分の狂いもなく自分である柏木にとって、私の美の観念は感傷でしかない。私はまだ美に酔っているが、酔わないことが柏木を柏木自身にする。道徳とは道徳に酔うことだ。道徳に従っている人間は、従うことで酔っている。柏木が悪を行い得るのは、彼がけっして酔わない人間だからだ。彼は自分は内翻足だという認識だけで生きている。彼にとり内翻足は世界だが、美は世界の剰余である。《美の無益さ、美がわが体内をとおりすぎて跡形もないこと、それが絶対に何ものをも変えぬこと、……柏木の愛したのはそれだったのだ》

人間にとって美は権力であり、美に従って生きているものだが、柏木は美の権力を許さない。絶対なのは内翻足であり、それは彼が内翻足を生きているからだ。柏木は己の存在に忠実であるという意味で道徳家であって、自分の肉体以外に道徳をもたない道徳家である。

《「それにはまだ殺し方が足らんさ」》これが柏木の道徳である。これは逆説ではなく、信念である。

私の目に、再々金閣が現れる。私の目は金閣しか見ることができない。これを呪われているというのだろうか？　しかし、愛情はこの種の錯覚を繰り返す。いつも愛情は初恋の記憶を乗り超える困難と闘わなければならないものだが、私もその困難と闘争している。滑稽といえば滑稽なのかもしれない。だが、これが人間なのだ。

女の乳房を目のまえにして、そこに金閣が出現するという事態は、狂人ののかもしれない。そういう狂気にもっとも怯えているのはほかならぬ私自身である。彼の誠実は、己の狂気を一貫して論理で語るところにある。論理を放棄したら、まさに彼は狂人だろう。狂人はこのような徹底した論理はもたない。そして大事なことだが、彼には明らかに狂人としての自負がある点は見逃してはならない。

《理解されないということが、私の存在理由だったのである》

自我の芽生えが、私に金閣への憎悪を抱かせる。私が生を把もうとするたび、金閣が私を把まえる。柏木によって生というものを教えられた私は、もはや金閣は生を隔てるものだ。自分の生に対する痛切な憧れが、かつての憧れを邪魔物とする。当たりまえのことだが、人間は誰でも成長する。成長とは古いものを斬り捨ててゆくことだが、いったい金閣を斬り捨てなければならないという事態は異常事態だ。

私は金閣に向かって、お前を支配してやる、と叫ぶが、問題は大きすぎる。その大きさゆえに彼の思考は研ぎ澄まされているように見える。彼は彼自身を試し、彼の思考は見事に応えている。彼は考えるが、けっして遅疑逡巡しない青年である。彼の思考は彼に前進しか許さない。

《人生の幸福や快楽に私が化身しようとするとき、金閣は一度でも見のがしてくれたことがあったか？　忽《たちま》ち私の化身を遮り、私を私自身に立ちかえらすのが、金閣の流儀ではなかったか？》

金閣の存在が、私を何者かにする途を鎖すのだ。何者かになろうとするとき、私は私でなければならない。私にとって私とは地獄なのだ。いったい金閣が地獄なのではなく、私が地獄なのだが、彼の憎しみは、ただひたすら金閣に向かう。彼に自殺がないのは、ひとえに金閣が存在するからだ。金閣が彼を、憎しみという形式で存在させている。憎しみは彼であり、彼の生は彼自身の信じるところによれば金閣に阻まれている。

私の中で、私以上に金閣が生きている。金閣に生を与えているのは、歴史ではなく、私だ。

《『それにしても、悪は可能であろうか？』》

私は故郷への旅に出る。

《それは正しく裏日本の海だった！　私のあらゆる不幸と暗い思想の源泉、私のあらゆる醜さと力との源泉だった》

私は、故郷の景色を見て、《源泉》と呼んでいるが、彼の源泉を僕は「虚無」と呼ぶことができる。彼は「虚無」から生まれ、虚無を生きてきたのだ。彼は、その存在が虚無で出来あがっていて、その生は虚無なのだ。

彼の生が虚無である以上、悪は可能である以上に、悪は必然であり、彼はそれをしない以外に自分の正しさを証明できない。ここで証明をする相手が神だといったら笑われるだろう。

相手は、金閣だ。金閣という絶対だ。犯罪とはいつでも絶対を滅ぼすことで、自分を証明する作業だ。

柏木は、壊れやすいものをかかえている私を壊すために語る。

《「認識だけが、世界を不変のまま、そのままの状態で、変貌させるんだ。認識の目から見れば、世界は永久に不変であり、そうして永久に変貌するんだ。それが何の役に立つかと君は言うだろう。だがこの生を耐えるために、人間は

認識の武器を持ったのだと云おう」》

これは尤もな論である。僕はこれを常識と呼ぶ。これは健康な人間の、健全な理屈であって、少しも悪魔的ではない。柏木が《この生を耐えるために》と語っているところが青年らしく、むしろ彼が己の内翻足を悩んでいたのではないかと疑わせて、彼の壊れやすさを暗示している。だが認識は所詮認識にすぎず、それは何の力ももたない。弱者の道徳としては認識は有効だが、認識に踏止るかぎり強さには到ることがない。認識は弱者の知的自慰であり、自分で自分を悦ばせているにすぎない。

柏木はいう、《個々の認識、おのおのの認識というものはないのだ》しかし、それはあるのだ。

人間は、その本質上、個々の認識、おのおのの認識しかもちえない存在で、柏木のいっているのは、数学の公式だ。人間は言葉を語る動物で、本来、共通の認識というものは存在しない。したがって、美とは、柏木にいわせれば《人間精神の中で認識に委託された残りの部分、剰余の部分の幻影》だが、まさに彼が否定するところの個々の認識、おのおのの認識なのだ。認識にとって美は存在しないのではなく、美は存在しないという認識を柏木がもっているだけだ。柏木は認識を絶対だと信じているが、それは彼が認識というものを認識しておらず、信仰している証左だ。彼が頻りに認識を持ち出すのは、彼の道徳家としてのあらわれだが、道徳家というのは真っ当な考え方からはみだしたところではつねに無力な存在だ。彼は悪徳を語っているようで、しごく真面目に悪というものを語っているにすぎない。

最後に、金閣放火という行為が残される。

《見るがいい。今や行為は私にとっては一種の剰余物にすぎぬ。それは人生からはみ出し、私の意志からはみ出し、別の冷たい鉄製の機械のように、私の前に在って始動を待っている。その行為と私とは、まるで縁もゆかりもないかのようだ。ここまでが私であって、それから先は私ではないのだ。……何故私は敢《あえ》て私でなくなろうとするのか》

ここに到っては僕は言葉を失う。これでこの拙ない論文を終了する。

装幀　大森賀津也

著者紹介
昭和43年12月10日生まれ、岡山市出身。現在、個人投資家。
著書
1991年『スタイラス新鋭詩人集共同出版』
1993年『青春抒情詩集』日本図書刊行会
2023年『生への意志』朝日カルチャーセンター出版部
2024年『人生処方詩集』(株)ブイツーソリューション

魔《ま》王《おう》

著者
江《え》田《だ》和義《かずよし》

発行日
2025年4月25日

発行　株式会社新潮社　図書編集室

発売　株式会社新潮社
〒162-8711　東京都新宿区矢来町71
電話　03-3266-7124

印刷所　錦明印刷株式会社

製本所　加藤製本株式会社

ISBN978-4-10-910299-5 C0093